LABORATORIO DE CUENTOS I

Para que pases un tiempo entretenido

Alonso Rivera

Publicado por Ibukku
www.ibukku.com
Diseño y maquetación: Índigo Estudio Gráfico

ISBN Paperback: 978-1-64086-672-0
ISBN eBook: 978-1-64086-673-7

Índice

El átomo

Emerson trabajaba en un amplio y moderno laboratorio. Cuando estaba realizando sus proyectos, pasaba horas de horas sin comer ni dormir. Por ello, al retirarse lo hacía con cierto disgusto, pero con la idea de regresar lo más pronto posible. El simple hecho de estar ahí, rodeado de materiales, era inspirador. Hornos, tubos de ensayo, mecheros, aceleradores, reactores, sustancias de todo tipo en botellas especiales, con rótulos que indicaban su contenido y claves de uso. Los pasillos estaban limpios y las mesas ordenadas. Aunque no estuviera ejecutando ningún trabajo, podía concentrarse en sí mismo y divagar, que en muchos casos es el prólogo a la creatividad. En esos momentos, pensaba en la velocidad alucinante que había adquirido el desarrollo de las nuevas tecnologías. Sin embargo, consideraba que esta prontitud hacía que la gente se acostumbrara a la novedad y, por lo tanto, dejara de serlo rápidamente. Como si esos avances tecnológicos fueran normales o, incluso, alguien tuviera la obligación de proporcionarlos con frecuencia.

Se le venían a la mente los diarios y las revistas virtuales, que se podían visualizar no solo en computadoras, sino en tabletas, *smartphones* y cualquier otro dispositivo móvil que se cuelgue de Internet. Sobre esto último, Emerson estaba seguro de que pocos, muy pocos, sabían realmente lo que era esta red. A nadie parecía interesarle mientras funcionara correctamente. Lo mismo se podría decir sobre la comunicación telefónica, que cada vez era más sofisticada y gratuita a través de aplicativos que hacían posible el prodigio. Los teléfonos celulares no solo servían para hacer llamadas, sino para ver televisión, comunicarse por las redes sociales con cualquier persona en cualquier parte del mundo, escuchar música, tomar recados y programar recordatorios. Los vehículos, por su parte, tenían instalados sofisticados equipos para hacer más eficiente su combustión, evitando emisiones nocivas al medioambiente. Y ya existían proyectos para que los autos se condujeran solos y que funcionaran con sofisticadas fuentes de energía.

Los alimentos, por otra parte, venían reforzados con vitaminas y sustancias que favorecían a la salud y a la vida, y su presentación era tal que reducía la necesidad de invertir tiempo en prepararlos. Si se lo propusiera, podría escribir un tratado de varios tomos sobre las mejoras de los utilitarios de su época y de las invenciones existentes para satisfacer las necesidades humanas. Sin embargo, nunca podría dar por concluido ese trabajo y, afortunadamente, tampoco era su rubro. Aun así, no podía dejar de pensar en el ritmo vertiginoso del progreso, que se hacía cada vez más veloz, y en los inventos que tenían un lapso de vida entre su origen y final cada vez más estrecho.

Antiguamente, cada descubrimiento tenía una vigencia de meses, años o décadas, hasta que aparecía otro que lo sacaba del centro de atención en un tiempo razonable. ¿Cuánto tiempo estuvo en vigencia el telégrafo? ¿Y el teléfono alámbrico de Graham Bell? ¿Y la televisión de Baird? En cambio, solo existieron por algunos segundos el *beeper*, el plasma, el LCD, algunos modelos de computadoras y otros tantos juegos de video. Emerson sentía que la velocidad de estos cambios hacía que la gente se olvide de que estaban basados en descubrimientos y teorías que, aunque no estaban totalmente demostradas, proporcionaban el marco para el desarrollo del futuro tecnológico.

Emerson había estado dedicado a la ciencia y a la investigación desde siempre. Por eso, la realización de su vida era comprender el porqué de las cosas, circunscrito al ámbito científico y al de la investigación. No le ponía mucha atención a las novedades que iban apareciendo ni tampoco pretendía desarrollar cosas mejores que las desplazaran. Le interesaba investigar «hacia atrás»; es decir, en dirección al origen del todo. Como consecuencia de ello, uno de los temas que lo obsesionaba, y que además era una teoría que se había tratado y documentado permanentemente en el ámbito científico, era el referido a la partícula más pequeña que conformaba la materia: el átomo.

Desde las primeras nociones que Emerson tuvo sobre esa diminuta partícula, quedó intrigado por las diferentes teorías en cuanto a qué era y cómo estaba constituida. Del modelo de Dalton, de partículas submicroscópicas, al pastel de pasas de Thomson; a su vez, la teoría de electrones que giraban en torno al núcleo de Rutherford y el modelo de Bohr, según el cual los electrones también giraban pero a diferentes niveles. Estas eran las teorías que se basaban en experimentos realizados con sustanciales elementales y cuyos resultados explicaban una determinada configuración del átomo. Si alguien inventase un nuevo experimento, y los resultados obtenidos no fueran explicados por lo que se supone que es la configuración del átomo, el modelo dejaría de servir. Recordemos que el átomo era y es invisible al ojo humano y solo se sabía de este por sus manifestaciones.

Esa era, precisamente, la obsesión existencial de Emerson. ¿Cómo creer en algo que no podía ver? Sentía la necesidad de observarlo a través de sus ojos para creer en su existencia; de lo contrario, sería solo una cuestión de fe, como ocurrió con los apóstoles cuando Jesús resucitó, excepto por Tomás, quien tuvo que tocar la llaga para aceptar la realidad. Por esa misma razón, Emerson no creía en fantasmas, ni en espiritistas, ni en la güija. Puesto que solo se podía tomar contacto con esas manifestaciones por los efectos de las mesas temblando y por los ruidos que no se sabía de dónde provenían, para él no tenían valor porque no los podía percibir con ninguno de sus cinco sentidos.

Los equipos que él conocía, y que le permitían ver partículas, células y microorganismos, eran demasiados toscos para siquiera acercarse al tamaño del átomo. Era imposible construir un lente para un microscopio, que sea tan potente, como para verlo. Y eso era cierto en la medida en que el material del que estaba compuesto el lente también estaba conformado por átomos. Entonces, en el caso de que efectivamente funcionara, acabarían por verse los mismos átomos que formaban parte del lente en el microscopio, lo cual era una paradoja sin solución. Emerson no creía, por tanto, en que existiera ahora o en el futuro un aparato que le permitirá confrontar a un átomo.

Como para él era un asunto de máxima importancia, se juntó con un grupo de científicos de su nivel, en su laboratorio dedicado exclusivamente a esta investigación, para evaluar lo que se podía hacer al respecto. Dicho centro era patrocinado por empresas que querían conocer lo más profundo del todo, para luego, y con toda justicia, utilizar la información que se adquiriera en el diseño de nuevos inventos únicos que les permitieran satisfacer necesidades de futuros clientes, recuperando con creces lo invertido. No habría restricciones en el financiamiento del programa que quisiera desarrollarse y solo sería cuestión de que vayan entregando resultados periódicos positivos.

Los científicos sabían que si lograban ver un átomo, y de esa forma saber a ciencia cierta, valga la expresión, cómo estaba compuesto, podrían dominarlo todo. Desde la construcción de nuevos átomos, nuevas sustancias y nuevos compuestos, hasta la generación de energía inagotable, perpetua y sin límites. Pero también sabían que los métodos convencionales de observación indirecta no los llevarían a obtener los resultados que querían. Su idea, entonces, era proyectarse por un camino heterodoxo, fundamentalmente nuevo e innovador, que los llevara a poder observar físicamente a la partícula. Cualquier idea era buena, solo había que plantearla y, seguramente, el grupo altísimamente calificado de científicos determinaría si era posible. Si fuera así, no habría duda de que ellos llegarían hasta el final y lo harían realidad.

Inesperadamente la idea llegó, como suele suceder en muchos casos ficticios y casi cinematográficos: Emerson, durante su encierro solitario del fin de semana, lejos de todo y totalmente aislado en su habitación, había estado buscando películas en YouTube, hasta que encontró una en particular. Ciertamente, la película *Querida, encogí a los niños* no le presentaba ningún concepto nuevo. Ya en *Alicia en el país de las maravillas* la heroína se había encogido y crecido, simplemente, por tomar un brebaje o comer un pastel. En otra cinta, *Viaje alucinante*, un grupo de científicos se encogía para poder recorrer el cuerpo humano desde su interior. Por ello, la película de YouTube no representaba ningún tema novedoso, pero le hizo plantarse la hipótesis que luego llevaría al laboratorio de investigación. ¿Sería posible encogerse? ¿Hasta qué tamaño se podría llegar? ¿Habría algún límite físico en dicho experimento? ¿Cuánto habría que reducirse para estar en capacidad de observar un átomo? ¿O acaso se trataba de una secuencia en la que cuanto más se consiguiera reducir al cuerpo humano, aparecerían partículas más pequeñas? Tal y como ocurre en la dirección opuesta, donde cuanto más nos adentramos en el espacio sideral, habrá más y más espacio, más planetas, más estrellas y más astros sin ningún límite.

Sin embargo, como científico, tendría que plantear la idea en cuanto regresara al laboratorio de investigación y luego ya se verían las posibilidades. Lo bueno del grupo con el que estaba trabajando, y así lo había comprobado en el tiempo que había tratado con ellos, era que tenían la mente muy abierta a cualquier idea innovadora que pudiera generar un cambio. Y es que la experiencia nos dice que cuando se emprende algún proyecto novedoso, si finalmente no se alcanza el objetivo inicial, indudablemente se llegará a alguna conclusión que tal vez lleve a algo mucho mejor. En cambio, si se hacen las cosas como siempre se hicieron, los resultados serán siempre los mismos.

Cuando Emerson les planteó la idea, vale la pena recalcar, no todos los científicos eran rigurosos y adustos europeos que tomaban todo en serio. Había algunos latinoamericanos, que sin ser menos dedicados a la ciencia, no podían evitar la risa, el chiste y la broma. Ellos le tomaban el pelo de dientes para afuera, ya que internamente iban procesándolo todo para evaluar sus posibilidades. La idea, en general, era buena o por lo menos inédita, y había bastante material para investigar y experimentar. Por lo pronto, los haría pensar y meditar para salir del tedio de los proyectos que ya estaban encaminados y no proporcionaban ninguna emoción a sus labores diarias. Existían precedentes inversos; por ejemplo, el crecimiento de una planta a partir de una semilla que conservaba la totalidad de su estructura genética en todo momento. La otra idea central venía de la teoría de fractales, según la cual no importaba qué tan grande o pequeña sea la estructura, porque siempre ofrecería al observador exactamente la misma imagen. Por tal motivo, los científicos concordaron en que estas serían las líneas maestras y bases que guiarían toda la investigación.

La hipótesis que se trazó, en concordancia con los supuestos, era que había que reducir a un ser viviente siguiendo el comportamiento de los fractales; es decir, manteniendo exactamente la misma estructura del ser, sin importar cuán pequeño se hiciera. De esta forma, se mantendrían todas sus capacidades y, por sobre todo, sus sentidos de percepción. Así, de alcanzar el tamaño adecuado, Emerson o el individuo que alcanzara ese fantástico y diminuto podría «ver» al átomo en la forma convencional en la que miramos cualquier otro objeto. Pero allí le surgía una inconsistencia: no era posible que un ser humano de un metro y setenta centímetros fuera exactamente igual a uno de, digamos, diez milímetros. Supuestamente, la materia siempre sería la misma, pero la cantidad de células totales no podría ser igual. Al estar conformada por el mismo tipo de átomos, tendría que variarse la estructura celular para que esta se reduzca. Eso sería imposible, salvo que el átomo también se redujera, pero esto era un imposible porque el axioma fundamental era que éste era la partícula más pequeña de cualquier sustancia.

Entonces, el grupo de científicos, con Emerson como director, se reunió para desatar una verdadera tormenta de ideas que permitiera saltar el primer escollo. ¿Reducir un átomo? ¿Por qué no? Pero eso llevaría a que la última teoría vigente, sobre la estructura atómica, se desplomara como un castillo de naipes. Como una mentira que mantuvo engañados a todos por años de años. ¿Los protones, los neutrones y los electrones? Simplemente pasarían a ser alucinaciones de algún demente. Pero un átomo reducido, ¿sería la expresión mínima de una materia? ¿El átomo de una sustancia en nuestro planeta puede tener el mismo tamaño que uno de la misma materia en Júpiter? Otro punto de vista estaba relacionado al desarrollo de los seres vivientes, ¿la agudeza visual es mayor en un niño que en un adulto? ¿La sensibilidad al tacto es diferente? El olor de la madera de un árbol, ¿es diferente luego de algunas semanas de haber germinado que cuando ya han pasado varios años? ¿El sudor y los orines de un cachorro son distintos a los de un perro adulto? La respuesta en todos estos casos era negativa. No existían diferencias.

Siguiendo la segunda línea base que se habían planteado, la única diferencia era la cantidad de células que conformaban a un ser adulto con respecto a uno joven. Es decir, si a un ser adulto se le retira convenientemente una cantidad de células de todos sus órganos, teniendo por supuesto el cuidado de no dañarlos, se podría tener uno idéntico pero más pequeño. Como en una evolución a la inversa. Pero ¿cuántas células se le puede retirar a un hígado para que siga siendo un hígado y cumpla todas sus funciones? ¿Y a un ojo? ¿Y a un pulmón? ¿Y a un intestino? Importantísimas preguntas que tenían que resolver, pero que parecían estar sobre el camino que los llevaría a concretar el objetivo.

Primero, había que desarrollar el marco teórico para luego pasar a la experimentación. Llevaría meses de trabajo plasmar en un documento los fundamentos y bases de lo que sería el diseño del experimento que se haría y que, según se esperaba, lograría demostrar la hipótesis. De forma paralela, un subgrupo de científicos preparaba las máquinas y demás accesorios para esta experiencia inédita, seleccionando las sustancias y sueros que permitirían trabajar con tejidos y seres vivos. Afortunadamente, las empresas mecenas del laboratorio habían asegurado su financiamiento. Estas habían estimado que de tener éxito, no habría límite en los beneficios económicos que se obtendrían y cualquier gasto que se hiciera se pagaría diez, cien, mil o un millón de veces. De modo que los científicos tenían la tranquilidad de contar con los recursos que necesitarían.

Una vez terminado el marco teórico, había que diseñar el experimento, para lo cual se tomarían algunas semanas. En realidad, sería un lapso bastante corto, para luego iniciar la propia labor física con insectos, roedores y plantas. Todo se llevó a cabo con una tenacidad encomiable y pronto todo quedó expedito para pasar a la fase experimental.

Primero, y aunque parezca algo sumamente cruel, se hicieron experimentos con seres vivos. Casi en forma artesanal y mecánica, se utilizaron instrumentos que permitían extraer órganos, huesos, músculos e ir retirando parcialmente parte de los tejidos, pero conservando su estructura básica. Luego, habría que volver a armar al animalito para obtener un nuevo ser vivo de menor tamaño, que conservara exactamente el mismo aspecto y se desenvolviera exactamente igual. No está demás decir que en este tipo de experimentos los fracasos permiten adquirir nuevas experiencias para que en los siguientes intentos se puedan tener mejores posibilidades de llegar a una meta. Estos sacrificios son necesarios en el nombre de la humanidad.

Paralelamente a los trabajos manuales, se iban desarrollando drogas, hormonas, equipos con radiaciones especiales y otras sustancias que iban haciendo que el trabajo experimental se realizara en forma cada vez más rápida y automática. Luego de culminar la etapa manual, habían conseguido un perfecto bonsái de una gardenia, pero también una especie de bonsái de una rata ¡y estaba viva! Aunque muriera horas después, el incentivo del éxito parcial les hacía redoblar esfuerzos, ya que se habían dado cuenta de que estaban por el camino correcto.

La rata, el primer ser vivo del reino animal que había sido sometido a esta evolución negativa, era diez veces más pequeña que la original. Lo importante del experimento era determinar cuál era el límite, y qué tan pequeño podía ser el nuevo espécimen sin dejar de pertenecer a la misma especie y sin convertirse en un engendro. Sin embargo, la gran esperanza estaba en el desarrollo de la radiación mecatrónica y las drogas de reducción, con lo que se esperaba superar la proeza anterior, porque el laboratorio ya estaba lleno de animalitos diminutos que podían ser muy graciosos y hasta útiles para ornamentar casas, jardines y circos. Pero desde el punto de vista científico, no les servían, porque aún no tenían el tamaño adecuado para el objetivo que perseguían.

Ahora, tocaba el turno de los equipos y sustancias desarrolladas que, dosificadas adecuadamente, seguramente los llevarían al éxito.

Tras inyectar los correspondientes sueros, los animalitos eran sometidos a la radiación en forma muy controlada. Entonces, el experimento dejaba de lucir tan sanguinario, y se apreciaba más científico y menos chocante. Bastaba introducir al "conejillo de indias", en este caso las ratas, monos, plantas y seres vivos del tamaño adecuado, a una cámara hermética. Esta se llenaba con un líquido viscoso, amarillento y traslúcido, para luego someterse a radiación.

Aquí, lamentablemente, para expresarlo eufemísticamente, también ocurrieron algunas pérdidas, pero con cada una de ellas se iban adquiriendo más y más conocimientos, perfeccionando los procesos, mejorando los fármacos administrados y el tratamiento radioactivo. Luego de muchos intentos, al fin se llegó a la meta esperada. Una rata había sido reducida en tamaño cien veces. Era tan pequeña que sus partes podían ser vistas solo con el microscopio. Aun podía ser observada a simple vista, pero solo como un bultito del tamaño de una pulga. Si se quería observar sus movimientos, sus patitas, sus ojos y su cola, debían utilizarse lentes de aumento.

¿Cómo es que se había reducido? Siguiendo los supuestos, cada uno de sus órganos, huesos y membranas habían perdido células; incluso, las del cerebro. Es por eso que la ratita tenía movimientos muy torpes, casi reflejos instintivos, los cuales constituían el siguiente reto a afrontar: reducir el tamaño sin afectar el comando cerebral, puesto que era imprescindible que este órgano funcionase plenamente si se quería tener un reporte real de lo que se observaría cuando se alcanzara el tamaño atómico. ¿Qué había pasado con las células «sobrantes»? Se habían disuelto en el líquido en el que estaba sumergido el animal. Todo iba de acuerdo al plan.

Los estudios posteriores del cerebro determinaron cuáles serían las células de protección y amortiguamiento del mismo. Las células grasosas podrían ser eliminadas sin afectar su funcionamiento. Sin embargo, eso implicaría inducir la mutación de las células neuronales para que desarrollen su propia alternativa de defensa para evitar daños por rozamiento o impacto prescindiendo de las otras. En ese campo también se tuvo éxito y en los siguientes experimentos se logró reducir otro roedor al tamaño de una pulga sin afectar prácticamente nada de su sistema neurológico. Al microscopio, se podía ver al animalito correteando, olisqueando, mirando a su alrededor; es decir, no se daba cuenta de la transformación que había sufrido.

Los siguientes estudios llevaban a dos opciones con la finalidad de reducir adicionalmente el tamaño: se podía incrementar la dosis de fármacos y radiación en el espécimen o someterlo consecutivamente a dos o más sesiones. La segunda opción fue la preferida, teniendo en cuenta que luego del primer encogimiento debía verificarse que el animalito quede en perfectas condiciones y, teóricamente, listo para una segunda sesión.

El grupo de científicos se reunió para deliberar y tomar la decisión de seguir adelante. El directorio nombrado por las empresas aportantes, por su parte, se había reunido y tomado conocimiento con mucho entusiasmo del éxito obtenido. Querían que se continúe hasta llegar a la meta final. Consideraban que no era el momento de detenerse a pensar y repasar el camino ya recorrido. Habría que seguir explorando, y así lo exigieron. En el laboratorio, tomaron de la mejor manera esta presión, ya que la consideraban como un reconocimiento a su trabajo y un aliciente a continuar. De este modo, decidieron hacer la segunda fase con el microroedor que habían creado.

Entonces, se sometió al animalito a un segundo tratamiento con la radiación. El resultado fue verdaderamente espectacular, ya que había desaparecido, pero únicamente para el espectro visual humano. Podían observarlo, únicamente, en la pantalla gigante interconectada al microscopio electrónico. Aparentemente, no había ninguna deformación física. Se comportaba como un roedor común y corriente, moviéndose en busca de alimentos, parándose en dos patitas. Por lo tanto, era una nueva coronación de su increíble trabajo. Solo faltaba documentarlo y presentarlo a la comunidad científica para lograr lo que más desea el hombre: el reconocimiento. Y vaya, ¡qué reconocimiento! Nada menos que el de los intelectuales y científicos de mayor nivel del mundo, incorporándolos a esa élite especial de humanos.

Emerson, en cambio, no pensaba en eso. Para él, el éxito conseguido era solo un paso más para su objetivo. No le interesaba ser reconocido individual o grupalmente, cosa que sería de lo más natural teniendo en cuenta que fue su idea y que, en la práctica, era él quien dirigía la investigación. No quería perder el tiempo documentando nada ni presentando el trabajo a otros para que lo revisaran, hicieran preguntas o criticaran. Por ello, decidió que seguiría adelante solo. Sabía que no podía contar con sus colegas, porque estaban obnubilados por todo lo que se decía de ellos y todo lo que se habría de decir y publicar en los medios de comunicación masiva. Habían dejado de ser científicos para ser actores del *jet set*. Esperaban caminar sobre la alfombra roja, ser cegados por el *flash* de las fotografías y ser entrevistados por periodistas que no se detendrían en elogios y halagos. La decisión de Emerson fue casi automática. En realidad, la había tomado desde que se inició el proyecto y, quizá, todavía antes. Entonces, se inyectó las sustancias adecuadas y se colocó un transmisor en el oído que le permitiría informar a una computadora lo que fuera observando en el viaje que había planeado. Una vez hecho eso, programó las máquinas para una secuencia de radiaciones mecatrónicas cada quince minutos. Quería reducir su tamaño en forma continua hasta lograr el objetivo.

Cuando se inició la primera secuencia, Emerson se redujo en cien veces. Ahora era del tamaño de la falange de su dedo meñique, pero las cosas no habían cambiado mucho, excepto que se veían más grandes. Inició la transmisión de la información a la computadora, indicando que se sentía bien, que no notaba mayores cambios físicos y la observación del cambio de perspectiva de las cosas. Entonces, se inició la segunda secuencia de radiación y su tamaño se redujo a décimas de un milímetro. Lo que transmitió, en esa oportunidad, era que no sentía efectos colaterales en el cuerpo, pero que ya no alcanzaba a divisar los objetos del laboratorio. Eran demasiado grandes para verlos, porque estaban fuera de su alcance visual. Lo que sí podía distinguir eran ácaros, polvo, pelusas y toda clase de material orgánico que volaba a su alrededor y que cuando tenía su tamaño normal le era absolutamente invisible.

Una nueva secuencia radioactiva lo redujo a un nivel celular, pero esta vez ya no estaba completo. Había perdido la forma humana, ya no tenía brazos ni piernas y su cuerpo era un organismo diferente, multicelular. Lo más sorprendente de esta etapa, aparte de observar microorganismos unicelulares y multicelulares, que en buena cuenta había visto con anterioridad a través de microscopios, era que veía a su alrededor miles de organismos idénticos a sí mismo, que a su vez parecían observarlo. Rápidamente, se dio cuenta de lo que había pasado. En las primeras reducciones, las células que se extraían de la masa del cuerpo eran desechadas, porque no tenían significado ni gravitación con respecto a las que quedaban en el cuerpo. Al nivel en el que estaba, los grupos de células que se le iban retirando ya comprendían una parte importante de su ser y, siguiendo las instrucciones del ADN, formaban seres idénticos a él. Esta situación extraña y bizarra pudo ser enviada como parte de sus informes y, seguramente, sería materia de análisis por aquellos que tuvieran la gran fortuna de acceder a esa información. Con esta data se podrían crear nuevas bases científicas, totalmente inéditas e inexistentes a la fecha, sobre los seres vivos. La realidad irreal, valga la expresión, excedería la capacidad del equipo de científicos de Emerson y tendría que ser elevada a la comunidad científica mundial para que intenten explicarla. Pero este no sería el final, la nueva secuencia radioactiva lo redujo aún más, convirtiéndolo en un organismo unicelular, rodeado de miles y millones de copias de sí mismo. Los mensajes aún se transmitían y podían ser satisfactoriamente recibidos por la computadora. Pero solo entonces, Emerson se puso a pensar en que la decisión que había tomado era equivocada. Por la emoción de estar tan cerca de lograr su objetivo, no había pensado en que el viaje que había emprendido no tendría regreso: no había planificado la secuencia inversa para regresar a su estado original. Y eso lo comenzó a angustiar, porque ya no había cómo retroceder en el tiempo y tenía que concentrase en las próximas etapas. Tampoco podría disfrutar de ser él mismo quien diera a conocer al mundo sus logros. En buena cuenta, había pulverizado el conocimiento científico que se tenía hasta la fecha y lo había transformado en un folleto vacacional, en un cuaderno escolar, en una plana de caligrafía primariosa.

Vinieron sucesivas radiaciones y cambios, hasta que llegó el momento que esperaba. Pudo, finalmente, ver los átomos. Pero no pudo transmitir la belleza que estaba ante sus ojos y los colores del arcoíris en las radiaciones generadas por los diferentes procesos que se realizaban. La última resistencia del equipo de transmisión se habría vencido en la reducción, quedando inutilizable. Por eso, optó por resignarse y disfrutar del momento. Pudo ver las nubes de cargas negativas que fluían como bandada de palomas alrededor de pequeños núcleos de energía y ver la luz que se iba generando con cada movimiento. Miró un poco más allá y la cantidad de átomos que lo rodeaban se asemejaba al paisaje del cielo nocturno, totalmente estrellado, por el que pasaban millones de novas y estrellas fugaces. Se trataba de un espectáculo que, ni en las más elaboradas pirotecnias, había podido apreciar.

Cuando sobrevino la siguiente secuencia radioactiva, que significaba una próxima reducción, supo que implicaría la mutación de su propio ser. ¿Sería la última? ¿Sería su despedida y el final del todo? Solo tenía que esperar junto a sus millones y millones de clones. De pronto, vino el cambio y estaba mucho más ligero e inmaterial. Emerson y todos sus otros «yo» empezaron a moverse. Se ondulaban atravesando los espacios y la materia que se les interponía en el camino. Hasta que finalmente salieron al exterior convertidos en un haz de luz. Segundos después ya estaban fuera del Sistema Solar conociendo lo que nunca nadie conocería. ¿Con quién lo compartirían? ¿A quién se lo contarían? ¿A alguien le importaría que ya no estuvieran en el planeta? Eso ya no inquietaba a Emerson. Su sueño estaba cumplido.

El héroe imaginario

Había una vez un héroe imaginario, o mejor dicho, uno imaginativo. No estaba dotado de una musculatura fuera de lo común ni mucho menos, por el contrario, en ese aspecto estaba subdesarrollado pues era flaco, enjuto, magro. Tampoco tenía agilidad extraordinaria ni visión de rayos X, ni aliento helado, ni súper velocidad. En realidad, era un joven común y corriente que respondía al nombre de Ludovico.

Había crecido entre el cariño de sus padres y la amistad de todos los chicos de su salón en el colegio, o al menos de los que tenían conocimiento que existía. Era muy retraído y casi ni hacía sentir su presencia, pero aquellos que se daban cuenta que él estaba ahí podían atestiguar de la nobleza de sus sentimientos y su orientación hacia los valores positivos que le inculcaron en su hogar. Habría sido un verdadero paladín de la justicia, si no fuera porque no tenía como hacerlo, ya que su carácter tan medroso le impedía intervenir en las circunstancias en las que si lo haría un justiciero. Además, su condición física hubiese hecho que cualquier intento que se atreviese a realizar en un momento de locura, fuera inviable.

En su salón del colegio, se sentaba con los del grupo de adelante, los más tranquilos y estudiosos, los menos interesados en el curso de educación física y deportes, pero los que competían por las mejores notas en los cursos, o sea los que hoy en día son conocidos como "nerds", que viven muy apreciados por los profesores pero ignorados por sus compañeros de clases que tienen más vida social, salvo cuando estos últimos necesitan ayuda para aprobar un examen o presentar un trabajo especial para subir nota.

Como casi siempre, una vez estaba con sus amigos Tomasito y Paquito en el patio del colegio durante el recreo, y mientras los otros chicos jugaban fulbito, la ola gigante, o se escondían en el baño para fumar, ellos estaban muy entretenidos intercambiando figuritas del álbum de historia y geografía que estaba de moda entre los muchachos tranquilos. Esta actividad cultural les permitía tener un plus de aprendizaje, porque el álbum tenía en el recuadro correspondiente algo de información sobre los personajes históricos o sobre los lugares de la fotografía. Esta pasión por los coleccionables tenía una secuencia establecida: primero era la compra de sobres con figuritas, que se hacía temprano en la mañana antes de la hora de ingreso en el quiosco de la esquina o donde el carretillero que vendía chocolates y caramelos, o en su defecto a la hora de salida antes de regresar a casa. Comprar los sobrecitos, y luego junto con los amigos abrirlos para ver si aparecía alguna figurita nueva, lo que para ellos era tan emocionante como meter un gol en el partido de una final de campeonato. Al menos para ellos. Pero lo más divertido era el intercambio de figuritas: ¡yala!, ¡yala!, ¡yala!, hasta que llegaba un ¡nola!, y otro ¡nola! Y así hasta tener todas los cromos clasificados según el uso que le iban a dar: separar las nuevas para pegarlas luego en el álbum, y separar también las figuritas duplicadas para mostrarlas a otros coleccionistas con la esperanza que una o varias de ellas no las tuviera su amigo, a fin de poner en práctica la negociación final de intercambio de figuritas, dándole valor a cada una de ellas según el grado de dificultad que se tenía para conseguirlas y, por qué no, jugando con la necesidad del interlocutor cuando se le notaba muy interesado precisamente "esa figurita" para llenar la página, o tal vez el álbum.

En esa oportunidad, mientras hacían el intercambio, caminaban distraídamente y sin querer se metieron al campo de fulbito, en pleno partido, justo cuando se jugaba durante los últimos minutos del recreo. La pelota pasó por entre ellos, y uno de los jugadores que la seguía a toda velocidad para patearla al centro e intentar un gol, se tropezó con Tomasito y ambos cayeron al suelo. Se había perdido la oportunidad de gol y eso desató la ira del jugador que con el lenguaje más elaborado empezó a insultar a los tres chicos y especialmente a Tomasito. Los tres retrocedían juntos sin poder articular ninguna respuesta, presas del pánico por la agresión de un tipo infinitamente más poderoso físicamente y menos racional intelectualmente. Finalmente, el jugador se les acercó y descargó dos duras cachetadas y un puñete sobre Tomasito que penosamente se cubría el rostro con las manos, y cuando cayó al suelo, completó la agresión con una patada.

En ese momento, Ludovico entró en trance, sentía que su sangre hervía, su cuerpo se agrandaba y se hacía más musculoso. Lo curioso era que también su ropa cambiaba de color, se ponía ploma y le apareció una capa y una capucha. ¡Se había convertido en Batman!, ¡el verdadero! ¡el guardián de la ciudad!

Sólo bastó una fracción de segundo para que Batman alcanzara al jugador, se le plantara enfrente y luego de increparlo por su accionar violento y abusivo, lo tomara por el cuello y lo hiciera volar por los aires, y antes de que cayera al suelo, a la volada y con súper velocidad, le devolviera las dos cachetadas, el puñetazo, y la patada, y un jalón de orejas de su propia iniciativa, para dejarlo tendido en el suelo, llorando y mirándolo con el terror del vencido que teme un castigo mayor. Pero Batman se contuvo y actuó con la magnanimidad que lo caracteriza: lo único que hizo fue pararse al frente de él, con ambos brazos en jarra y las piernas algo separadas, cómo sólo lo hacen los súper héroes, y luego de mirarlo fijamente, lo señaló con el índice de la mano derecha y le dijo:

"¡No permitiré villanos y abusivos en este colegio!"

Y cuando se dio vuelta, ya estaba convertido nuevamente en Ludovico, y se iba a la enfermería para ver a su amigo. Afortunadamente nadie se dio cuenta de este cambio y de esta forma su personalidad secreta quedó a salvo.

Lo extraño, era que ya el partido se había reiniciado hacía rato, y nadie se había percatado de la presencia de Batman. El jugador agresivo acababa de anotar un gol, justo cuando sonaba la campanada del final del recreo y todos se iban a formar fila para regresar a las aulas.

Pasaron los hermosos años escolares y Ludovico ya estaba por egresar, cursando el Quinto de Secundaria. La verdad es que nunca había destacado por sus dotes intelectuales, sino que se mantenía algo sobre el promedio, pero nada más, aunque esto era compensado por una disciplina espartana para estudiar, lo que le permitía aprobar con relativa tranquilidad los cursos. Además, los trabajos y asignaciones, así como los trabajos grupales le daban los puntos necesarios para alcanzar la tan anhelada nota en azul y escapar de los valores en rojo.

Pero algo que no podía evitar era que cada vez que había examen oral, era un verdadero espectáculo verlo tratando de responder las preguntas. Lo primero que hacía era siempre entrar en pánico, quedarse congelado con la mirada fija en el profesor y sin articular palabra. Consistentemente se quedaba bloqueado mentalmente, no atinaba a ninguna respuesta por obvia que fuera, y sólo se recomponía cuando el propio profesor, que ya conocía del problema de Ludovico, lo ayudaba para encaminar lo que tenía que decir. Solo así salía del estado catatónico y lograba pronunciar palabras que, aunque no formaran exactamente la respuesta, al menos le valían ganarse el puntaje mínimo indispensable por participación en clase.

Pero ya estaban en el último año del colegio, y el ambiente era más distendido e incluso los profesores más serios se permitían jugarles bromas a los alumnos, con la idea que se lleven un recuerdo grato para el futuro.

En el mes de noviembre, el profesor de Física decidió tomar un examen oral para levantar nota y en algunos casos para completar los puntos para que todos aprueben el curso y puedan salir del colegio a dedicarse a estudios técnicos o universitarios, o ganarse la vida en lo que consideraran conveniente.

Iba llamando por orden alfabético y hacia una o dos preguntas de acuerdo con las necesidades de nota del alumno. Conforme avanzaba la lista y se acercaba al nombre de Ludovico, éste empezaba a sudar frío, a descomponerse, a sentir malestar estomacal, a tener palpitaciones. Pero como era absolutamente inevitable, le llegó el turno. El profesor sabía de su problema así que intentó hacer alguna broma para distenderlo y lograr, al final de la época escolar, que supere su problema. Lamentablemente, este profesor como cómico nunca hubiera llegado a nada.

Se tomó la libertad de llamarlo confianzudamente. *"¡A ver, Ludito, ponte de pie!"*

Bastó eso para que se inicie la carcajada general, no tanto por el nombre, sino porque todos sabían lo que se venía. Ludovico, sudando frío, se puso de pie y se quedó inmóvil mirando al profesor, tratando de llegar a su máxima concentración para captar la pregunta y tratar de responderla. Pero las risotadas ya lo habían removido.

"A ver, Ludito, ¿Cuáles son los estados del agua?" Era sumamente sencillo, un regalo, una nota gratis.

Pero Ludovico, se quedó tieso. Y se reavivaron las risotadas. El profesor trató de ayudarlo, dándole una clave: *"¡Te estas quedando congelado, bájate de la nube, y deja salir ese mar de conocimientos!"* Pero con eso sólo consiguió que las risas se hicieran más fuertes, y uno de los chicos la completó:

"¡Oe, está jugando inmóvil!"
"¡Te pidieron que dijeras los estados, no que los representaras! ¡Se ha puesto sólido!"

Y reventaron más risas.

Una vez más, Ludovico sintió que su cuerpo empezó a crecer y a llenarse de músculos, su piel se tornaba color verde, su ropa reventaba y se quedó en sólo un pantalón corto que inexplicablemente no explotó, y sin zapatos, que se habían abierto como flores. Tenía una talla de tres metros y medio, de tal modo que agachado, su cabeza tocaba la parte superior del salón. ¡Era el increíble Hulk! Miró a su alrededor con una expresión fría, asesina y se incorporó totalmente, rompiendo parte del techo. Esta vez todos, incluso el profesor, eran los que se habían congelado de miedo. Lanzó un grito estentóreo y varios chicos salieron volando con carpeta y todo, y luego le dio un poderoso puñete al suelo, creando en un segundo un anchísimo y profundo hueco por donde cayeron varios de sus condiscípulos, y finalmente un nuevo y poderoso grito que hizo salir al profesor por la ventana, rompiendo los vidrios con gran estruendo, para finalmente caer inmóvil en el medio del patio.

"Bueno, Ludito, siéntate nomas. Como te quedaste petrificado, voy a tomar eso como que dijiste "sólido", y como estas sudando, entenderé que mencionaste "líquido". Lamentablemente, no hiciste ninguna representación referida al estado gaseoso. Siéntate, tienes once."

"¡Oe! ¡Tírate un pedo y la haces!"

Nuevamente reventaron las risas. En esta oportunidad, tampoco la transformación que sufrió ni las demostraciones de su poder, fueron apreciadas por nadie. Y eso era bueno para él, porque si alguien se diera cuenta de lo que había pasado sólo en su imaginación, se podría poner en tela de juicio su estabilidad mental.

Años después, ya estaba en la etapa de laborar para ganarse la vida e ir desarrollando su propio futuro. Trabajaba como ayudante en un camal donde se beneficiaba reses en un mercado, lo que era muy adecuado para su perfil personal, pues su trabajo lo hacía en forma muy individual, no tenía que relacionarse con otros compañeros, y sólo debía hacer los cortes y el pesaje del tipo de carne que solicitaban los clientes, para lo cual no tenía la necesidad de hacer mayor comentario ni hablar con nadie porque ya había aprendido la rutina. Como cualquier actividad, con la práctica ya se había convertido en un experto, y sabía hacer los cortes con mucha precisión.

El tener una economía establecida, con la posibilidad de mejorar su status conforme pasara el tiempo (no vamos a negar que el progreso existía también para él como para todo ser humano, trabajador y honesto), le apareció la necesidad de formar el mismo su propio hogar, y teniendo en cuenta su carácter tan retraído y tímido, fue prácticamente un milagro que consiguiera una enamorada con la que secretamente lograría alcanzar el objetivo. O tal vez ella lo consiguió a él.

El negocio operaba todos los días desde la madrugada, en que llegaba la carne que había que cortar y colgar en parte en el congelador, y también dejar algunos cortes para la vitrina y otros para los ganchos para exhibición y venta. Pero el trabajo no dejaba mucho tiempo para actividades personales, porque se tenía que estar en el servicio algunas veces hasta casi empezada la noche. En muy pocas ocasiones, las labores terminaban más temprano pero no antes de las 6 de la tarde.

Aun así, la relación con su enamorada iba muy bien. Salían a pasear al parque y eventualmente iban al cine del barrio, o a comer algo en el mismo mercado cercano a su centro de trabajo. La economía no les daba para lujos, pero esta etapa del enamoramiento requiere conocerse mutuamente y la forma de hacerlo es tener estas salidas juntos, aunque sea para caminar alrededor de la cuadra, pero juntos. Ella era ayudante también, pero en la verdulería, y tenía prácticamente los mismos horarios de trabajo, así que por esta parte había coincidencias entre ambos.

La alegría, espontaneidad y extroversión que mostraba ella, contrastaban con el carácter de él, pero los que los conocían decían que precisamente por eso estaban juntos, porque se complementaban. Terminadas las labores, era ella la que lo iba a buscar y se lo llevaba a diferentes lugares, a algunos de los cuáles él nunca se hubiera atrevido a visitar, como por ejemplo el mall principal del distrito más acomodado de la ciudad, a donde él consideraba que no debía ir porque era visitado por gente que creía que tenía más poder adquisitivo, lo que lo hacía sentir fuera de lugar. Cuando iban, aunque no compraran nada, ella disfrutaba tremendamente el simple hecho de estar allí con tantas variopintas tiendas y multicolores luces. Eventualmente, haciendo algún esfuerzo económico, un heladito haría que el goce fuera hasta el clímax. Él, por otro lado, se sentía incómodo, como si todo el mundo lo mirara y le dijera que no pertenecía a esa comunidad, y eso lo ponía nervioso y lo hacía sudar. Sin embargo, su presencia ahí le hacía bien, porque a fuerza de ir tantas veces a este y otros lugares que él sentía que le eran prohibidos, empezó a acostumbrarse y adaptarse con naturalidad.

Un día, terminada la jornada de trabajo, inusualmente su enamorada no vino a buscarlo como era costumbre, y él después de bañarse y cambiarse, se quedó a la espera, porque francamente, no sabía a dónde ir ni qué hacer para llenar su tiempo si es que ella no marcaba el paso. Pasaban los minutos y no venía nadie, hasta que apareció el personal de limpieza que retiraba los desperdicios de los puestos, y daba una baldeada con abundante agua para luego a golpe de escoba dejar la zona impecable. Y Ludovico, permanecía paradito como un soldado en su guardia, en espera que viniera su comando.

Y como era de esperar, comenzaron las bromas:

"¡Barre ese bulto que esta frente a la carne!" ¡Ah, no es bulto! ¡Es Ludo!"

"¿Qué pasó, Ludo? ¿Te dejaron plantado?"

"¡Tócate la frente! ¡Ya no te va a entrar el sombrero!"

Y otras barbaridades, que incomodaban a Ludovico, pero que soportaba porque venían de sus compañeros de trabajo que él consideraba sus amigos.

Por fin decidió retirarse del mercado, y como hacen los burritos cuando los sueltan, que siguen el camino al que están acostumbrados, sin querer y sin saber a dónde iba, sólo caminando por caminar, se dirigió al parque al que siempre iba con su enamorada. Cruzaba las calles sin necesidad de mirar si venían o no carros, solamente se guiaba por el sonido. Parece que un contador cerebral interno calculaba los pasos que daba, ya que doblaba en las esquinas o en las entradas al parque sin necesidad de fijarse en carteles, paisajes, arboles. Todo lo hacía automáticamente.

Hasta que por fin llegó a su destino, y lo primero que vio fue que el lugar que él y ella, ella y él, siempre utilizaban para expresarse su cariño estaba ocupado por otra pareja, exactamente para los mismos fines. Se siguió acercando, más y más, sin siquiera saber por qué. Hasta que llegó a ver las caras de los enamorados. Él era un desconocido y ella era su pareja. Se quedó mudo, inerte, la miraba y no entendía. La mujer le dijo a su actual pareja algo que Ludovico no escuchaba, el hombre se puso detrás de ella como ocultándose.

Empezó a sentir esa sensación de transformación que antes ya había vivido: su cuerpo creciendo y haciéndose cada vez más fuerte y musculoso. Empezaba a sentir como que una plancha metálica lo recubría, primero las piernas, luego el brazo y el tórax, y finalmente un casco que le cubría toda la cabeza. Había quedado dentro de una armadura amarilla, era ¡Iron Man! Con todos los sofisticados circuitos electrónicos que controlaban el súper traje, y las armas y explosivos ocultos por todo el cuerpo.

Lo único que tuvo que hacer es levantar la mano derecha, con gesto solemne señalarlos con el dedo índice. Luego, apuntarles con la palma de la mano y soltar un ultra rayo letal y destructivo, para dejarlos convertidos en cenizas, y de paso destruir los árboles, arbustos, flores y paredes que habían detrás de ellos, y también dejando un camino como un semi túnel por la recta por donde pasó el flujo de energía.

Ludovico dio media vuelta, y se retiró lentamente, y hasta algunas lágrimas rodaban por su mejilla, pero no dijo nada. A pesar de su sencillez, tenía mucho amor propio y también posiblemente profundo desconocimiento de cómo actuar en situaciones tan nuevas para él como la que estaba viviendo. No hubiera sido esperable de él una reacción violenta, ni de ninguna otra clase, y por eso su enamorada ni siquiera se dio el trabajo de intentar detenerlo para darle explicación alguna. Ella solamente dejó que las cosas pasaran y nunca más volvió a buscarlo. Y así terminó todo.

Años más tarde, ya había progresado algo más. Había dejado la carnicería y estaba trabajando como conserje en una empresa industrial de plásticos. Al menos en esa actividad tenía un poco más de vida, lo que le había permito tener una nueva pareja esta vez estable, con la que vivía algo más de dos años y ya tenía un hijo, que nació diez meses después de haber descubierto que eran el uno para el otro y decidido convivir. El niño, ya bordeaba el año.

También tenía tiempo en las noches y los fines de semana para hacer trabajos eventuales, para nivelar la economía familiar, aun cuando su pareja apoyaba vendiendo comida en el local donde laboraba Ludovico, así como en otras empresas de los alrededores. Ella era una chica muy responsable y trabajadora, y físicamente muy agraciada. Tanto así que muchos de los compañeros de Ludovico se preguntaban en silencio cómo es que se había fijado en él, en principio cómo se había dado cuenta que existía, y qué le había visto que la había impresionado. Pero, como dice la balada, el amor es así.

En ocasiones, y como era de esperarse, la chica había recibido insinuaciones de trabajadores de la fábrica y de otras empresas que echaban sus redes para ver si podían pescar algo, pero nunca tuvieron ni siquiera la menor señal positiva. Ella respetaba mucho el proyecto de vida que había iniciado con Ludovico, y por otro lado no tenía ningún motivo para quejarse de él. Si bien el muchacho era retraído en público, ya a solas con ella era muy cariñoso, responsable, preocupado y hasta alegre e ingenioso.

Ludovico era una persona en la calle y otra en la casa, ella ya lo conocía muy bien. Cuando estaban fuera, prácticamente no hablaba, estaba siempre a la defensiva, casi esperando que ella lo apartara de todo, para no tener contacto con nadie. Igual en el trabajo, no se relacionaba con nadie y hablaba estrictamente lo necesario, y ni siquiera con los otros trabajadores de su nivel había logrado establecer comunicación alguna, a pesar de los esfuerzos de estos por incorporarlo a su especie de gremio de conserjes portapliegos, limpiadores, auxiliares y otros. Pero cuando llegaba a la intimidad de su hogar, y ante la presencia de su pareja e hijo, cambiaba. Se mostraba como un hombre maduro, protector de su familia, con visión de futuro, y con relativa cultura que lo llevaba a preferir la lectura a la televisión, por ejemplo. La lectura autodidacta lo había llevado a conocer bastante sobre la crianza de los niños, y por eso él mismo había dictado las pautas para la educación de su hijo, para curarlo de las enfermedades comunes de los chicos que sabía reconocer con mucha precisión, y además determinando la dieta más adecuada para su desarrollo físico e intelectual.

Sin embargo, cuando el chico tenía ya dos años y meses, apareció con síntomas de una enfermedad que no figuraba en los libros, y fue el motivo que esta vez sí lo llevaran al hospital para consulta especializada. Si bien es cierto que no era una enfermedad grave, ni mucho menos, si implicaba un tratamiento largo y costoso. Aun cuando el seguro social de Ludovico asumiría la mayor parte del tratamiento, había medicinas y análisis periódicos que estaban fuera de cobertura económica. Pero ambos estaban decididos a cubrir esta brecha financiera porque le daban la máxima prioridad a su hijo.

Este fue el motivo que hizo que Ludovico por fin se acercara a sus colegas, particularmente al jefe de servicios que era su inmediato superior, y venciendo su retraimiento, se animó muy cautamente a pedirle audiencia y poder contarle lo que le pasaba.

"Bueno", le dijo su jefe, *"vente a la hora de salida para conversar."*

Algunos de sus compañeros de trabajo le habían dicho que la empresa tenía la política de hacer préstamos personales en casos muy particulares como el de él, pero para ello tenía que presentar una solicitud a su jefatura para que con su visto bueno pasara a la Gerencia para aprobación. Pero esto último era puro trámite, porque normalmente con dicho visto bueno, y si no se trataba de demasiado dinero como era su caso, la aprobación estaba totalmente asegurada. Entonces, pensó Ludovico, en la reunión de la tarde ya habría solucionado el problema.

Cuando llegó su esposa a dejar las viandas, la llamó para comentarle que prácticamente tenía solucionado el problema, que se quedaría a hablar con su jefe a la hora de salida y quizá llegaría un poco tarde a casa.

En ese momento, circunstancialmente pasó su jefe y dirigiéndose a ellos les dijo:

"Así que tienen un problema económico Ludovico y su linda mujercita. Qué casualidad que lo que me sobra a mi es dinero y además tengo el poder de que la empresa los apoye en lo que necesitan. ¿Qué sacrificio estarían dispuestos a hacer ambos por su hijo? Ese primor que tienes por esposa seguro que haría cualquier cosa por esta causa. ¿No es cierto bomboncito? Ya me pondré de acuerdo en la tarde con tu marido para ver cuál será tu cuota de sacrificio."

La insinuación no pudo haber sido más directa, y la había hecho sin el menor pudor ni respeto, y sin ni siquiera importarle que hubiera otros trabajadores que escucharon todo lo que dijo. Es que se sentía tan importante y superior que se alucinaba un emperador despótico de la era medioeval.

Ludovico miró a su mujer con resignación, sumisión, desconcierto. Ella le devolvió la mirada con una expresión profunda y significativa, como diciéndole que ante todo su hijo, pero dejándole todo a su decisión. Y se fue a su casa.

A la hora de salida, Ludovico se fue a buscar a su jefe. Su escritorio estaba en medio de un salón grande donde estaban varios trabajadores haciendo sus tareas. No había ninguna privacidad, pero eso no le importaba al patán. Hablaba con voz fuerte para que todos lo escucharan, para que sientan su poder. Cuando llegó, le disparó la primera flecha. Conocía a Ludovico, su carácter disminuido, pero aun así pensó en humillarlo mucho más para destruir cualquier resistencia que pudiera tener el infortunado, por mínima que fuera. Además, que le parecía muy divertido hacerlo, y más aún delante de todos los compañeros que estaban alrededor. De esa forma, no solo tendría a su merced a Ludovico, sino que los demás quedarían despersonalizados para tenerlos debajo de su bota opresiva cuando se le ocurriera.

"Así que viniste, entonces estas interesado en que nos apoyemos mutuamente, es decir ¿tú y tu mujer y yo, no es así?"

"Señor", dijo Ludovico mirando al piso, *"yo vengo a suplicarle ayuda para mi hijo, por favor, no quisiera que se malinterprete, le suplico."*

"Aquí no es cuestión de súplicas, aquí es cuestión que yo te puedo dar algo que necesitas, y tu mujer me puede dar algo que yo quiero. Nada más."

Hablaba casi gritando, para intimidar a su interlocutor y para que todos lo escucharan, estaba en el éxtasis de la demostración de su despotismo.

"Pero señor, tenga un poco de respeto, por favor."

"Mira, no estoy para perder tiempo, yo puedo darte lo que ustedes necesitan, y tu mujer tiene lo que yo quiero, así que ¡déjate de escrúpulos y cojudeces y dile que venga a buscarme!"

"Señor, por favor........"

"¡Dile a tu mujer que venga a verme mañana en la tarde a la salida y se va conmigo, y después yo le doy la hoja firmada!"

Todos los que escuchaban los gritos se sentían incómodos y hasta afectados, pero lo único que hacían era mirar para otro lado haciéndose los desentendidos. Nadie se atrevía a decir o hacer nada, pero la frustración e indignación ya no cabía en ellos.

De pronto, Ludovico sintió que le hervía la sangre, esta vez no hubo ninguna transformación imaginaria, pero se sentía muy fuerte. De un salto se acercó donde su jefe y le propinó un cruzado de derecha en la mandíbula que lo hizo caer del asiento, pero cuando el muy desgraciado se incorporó recibió otro golpe en el estómago y finalmente otro derechazo definitivo en el mentón que lo hizo caer fuera de combate.

Uno de los empleados dijo:

"Yo no he visto dada, por si acaso, para mí que se tropezó sólo."
"Yo tampoco vi que pasó, si alguien me pregunta."
"No, nadie vio nada, parece que se cayó solito."
"No, yo creo que se peleó con el Hombre Invisible."

Ludovico se fue a su casa.

Finalmente, y para que la historia termine en final feliz, bastará agregar que los compañeros de trabajo hicieron una colecta para ayudar al hijo de Ludovico, quien quedó totalmente curado luego del tratamiento. Además, el sindicato de trabajadores logró el despido del abusivo.

Examen médico anual

Siempre había sido un tipo saludable. Eso no quería decir que nunca hubiese ido al médico, o que no se hubiera resfriado alguna vez, o que no hubiese sufrido uno de esos malestares estomacales que lo tumban a uno por algunos días. Una que otra vez estuvo de pasada en la clínica; por ejemplo, cuando comió un ceviche a base de pescado casi malogrado y se intoxicó de tal forma que parecía una fresa gigante: rojo y con puntitos amarillentos por todo el cuerpo. O cuando haciendo deporte se golpeó la rodilla y lo llevaron a la fuerza para enyesarlo, aunque él decía que se iba a curar solo. O la vez del paseo familiar en el que le picó un insecto, lo que le produjo una bola roja en el codo y un dolor que inusualmente lo llevó a pedir que lo llevaran al médico. Es decir, se enfermaba por factores externos, nunca porque algún órgano le funcionara mal. Pero enfermo, enfermo, no se podría decir que estuvo alguna vez.

Pero Norman ya tenía sesenta años. Y si las pirámides se van deteriorando con el tiempo y los imperios caen con el paso de los años, ¿por qué él sería la excepción? En la empresa donde trabajaba cumplían estrictamente las normas laborales referidas al examen médico anual de los trabajadores; el Departamento de Recursos Humanos, un mes antes del inicio de cada programa, ponía en conocimiento el carácter obligatorio del mismo, su importancia y que en caso alguien no se presentara, podría ser considerado como falta grave. Explicaban, además, que el interés partía por la salud de los trabajadores para que puedan disfrutar así del tiempo que pasaban en el centro laboral pero principalmente con sus respectivas familias. Y por si hubiera alguna persona incrédula respecto a las buenas intenciones de la empresa, también explicaban el otro lado de la moneda: si el personal estaba sano, faltaba menos a sus obligaciones laborales y la productividad se elevaba. Quizás esto último era un tanto más creíble, pero a Norman no le interesaba ni una cosa ni la otra. Él no iba a los exámenes médicos y punto.

Luego veía como justificar su inasistencia; como era un trabajador reconocido y estimado, lo peor que había pasado en alguna oportunidad fue que el jefe de Recursos Humanos le llamó la atención. Su respuesta irrefutable era: «Vea mi registro de asistencia. ¿Alguna vez he faltado al trabajo? ¿Alguna vez me he tenido que retirar enfermo? ¡Nunca! Entonces, el objetivo empresarial de la productividad, al menos conmigo, está cabalmente cumplido».

Y era cierto. Ni siquiera en invierno, cuando la gripe rondaba y hacía caer uno a uno a los trabajadores, él al menos estornudaba. Mientras que otros perdían tiempo en descansos médicos o en permisos para asistir a una consulta médica, él estaba en su puesto como un ladrillo en la pared.

En su casa, su esposa Haydée siempre estaba al tanto de la fecha en que se iba a realizar el examen; por todos los medios trataba de motivarlo u obligarlo. Pero a Norman no le entraban balas, no había forma de convencerlo. Ni siquiera una vez que lo amenazó con ponerlo en «cuarentena» amorosa. Nada de nada. Y tenían razón, más se enfermaba ella que él, así que los argumentos estaban de su lado.

Sin embargo Norman no era una persona irracional. Por lo que un suceso que ocurrió en la oficina lo hizo meditar sobre el tema. Un trabajador, que recientemente se había incorporado a la empresa, sufrió un ataque cardiaco en plena hora de labor y tuvo que ser evacuado de emergencia. Esta persona había laborado anteriormente como independiente y en algunas otras oficinas donde no había tantas disposiciones sobre la salud, donde como el trabajo era duro, no le quedaba ganas ni tiempo para invertirlos en prevención, y prefería dedicarse a su familia. Nunca pensó que a partir de cierta edad los enemigos ocultos salen de su letargo para iniciar su labor de demolición, pero que mediante algunas evaluaciones preventivas realizadas por galenos expertos a veces es posible detectarlos , y retardar o evitar sus efectos nocivos.

¿Qué es lo que pasa? La mente humana, que controla todo el cuerpo, tiene mecanismos conscientes e inconscientes muy fuertes para conservar la autoestima. Para el caso específico de la salud y el estado atlético de las personas, cuando han estado por encima del promedio, tiende a desconocer que las cosas han cambiado conforme avanzan los años. ¿Cuánta gente se niega a usar lentes y arruga los ojos para poder enfocar bien? Y eso solo para que otras personas —pero sobre todo ellos mismos— no se den cuenta de que el paso de los años está haciendo estragos en sus capacidades.

Ha ocurrido que después de algunos años una persona retorna a las canchas de fulbito y lo primero que hace es ponerse a correr como cuando estaba en el colegio. Eso se debe a que su cerebro conserva el recuerdo de las capacidades físicas que tenía en el último evento deportivo que intervino. Entonces, ocurre lo esperable: a los dos minutos ya está agitado y con algún dolor en el cuerpo. Solo así se refresca la información sobre la situación actual del organismo.

Cuando ocurrió el infarto de su compañero de trabajo, Norman estaba en la oficina, así que lo vio caer. Inmediatamente todos se levantaron para auxiliarlo y llamaron a unos paramédicos para que los apoyen. Afortunadamente, la ayuda llegó a tiempo. Luego de estabilizar los signos vitales, lo evacuaron a una clínica para el tratamiento correspondiente. El hombre quedó internado para su tratamiento y control y solo días después pudo retornar al trabajo, pero con la advertencia de tomar las medicinas indicadas y regresar periódicamente al consultorio para monitorear su evolución. Norman comentó: «¡Cómo se debe haber descuidado el hombre! Seguramente demasiado estrés. Menos mal que yo no tengo ningún problema en el corazón».

Pero la verdad es que ya no pensaba igual que antes, aunque sin embargo, todavía no estaba convencido. «Pero qué te cuesta. Si todo sale bien, entonces te quedas tranquilo y yo también. Si encuentran algo, le das tratamiento y no pasó nada», le dijo Haydée, que sabía que por esas semanas se abría un nuevo programa de exámenes médicos anuales.

En la oficina todos lodos los años se repetía el mismo ritual:

La empresa hacía circular la invitación para presentarse al examen médico y las fechas que le correspondía a cada uno. Como todos los años, el jefe de personal citaba exclusivamente a Norman para decirle que ese año sí tenía que asistir obligatoriamente, que no se le iba a exonerar o disculpar en esa ocasión. Pero esta vez el rostro de Norman lucía diferente: no denotaba una negativa, cierta duda se asomaba en su expresión.

En la oficina, como todos los años, comenzaban las bromas sobre el examen; específicamente, el examen prostático, aquel que sirve, además, para determinar la virilidad del que se hace la prueba. Y era sobre Norman que caían todas las bromas, puesto que sabían que él era el único que hasta la fecha no había pasado la prueba, y se lo asociaban con que no quería descubrir su identidad oculta.

Norman quiso cortar todo tipo de comentarios sobre su virilidad. Luego de haber meditado bastante sobre el tema, soltó: «Este año sí me haré el examen. ¿Cuál es el problema con ustedes?». Intentó justificar la decisión diciendo que su mujer ya lo estaba volviendo loco con el seguimiento que le hacía, por lo que asistiría al examen. Eso sí, daba por descontado que no tendría ningún problema. «¡Qué obediente, así me gusta!», «¡buena, saco largo!», se escuchó decir.

Contrariamente a lo que había pensado, las bromas arreciaron mucho más y con mayor dureza: «No te preocupes, te vamos a seleccionar un doctor con dedos gruesos para que salgas de dudas de una vez», «el examen no incluye que el doctor te pida besito», «si a la hora de hacerte el examen te pone las manos en los hombros, mejor sal corriendo», «cómo te gustaría ponerte, como chanchito al horno, pollito a la brasa, pollito tomando agua o como momia», «dile al doctor que antes del examen se saque el anillo y, por si acaso, también el reloj», «el examen solo debe demorar diez segundos; si dura más, ya es otra cosa», «si después del examen te dan ganas de pedir una segunda opinión o una junta de médicos, la cosa ya es grave». Norman se mantenía sereno y tranquilo para no darles el gusto y animarlos a seguir con sus ocurrencias. Lo único que respondió fue: «Bueno, ya váyanse a trabajar. ¿No tienen nada qué hacer?».

Había tomado la decisión de hacerlo. Sabía que, si las veces que no asistió al examen lo batieron de lo lindo, ahora que les informó que sí lo haría, le iban a dar en el suelo. Pero estaba preparado. Lo único que haría era tranquilo y mostrarse indiferente hasta que se cansaran y se fueran. Luego se fue donde el jefe de personal para que conozca lo que iba a hacer.

—Lo felicito, Norman. Muy bien. Verá que toda su familia se quedará muy tranquila cuando tenga los resultados.

—Bueno, y qué es lo que tengo que hacer.

—Le voy a dar una carta para que se presente a la clínica, ahí le darán las instrucciones y una cartilla con lo que tendrá que hacer. En su caso, no tome en cuenta el programa de visitas. Vaya nada más que yo me encargo de todo.

—Voy ahora mismo. ¡Ahora o nunca!

Se fue a la clínica y se presentó en la oficina de Informes. Lo mandaron al segundo piso, donde entregó la carta de presentación. Le dieron una cartilla de instrucciones: última comida a las seis y tomar al menos dos litros de agua antes de regresar al día siguiente a las ocho de la mañana. Le entregaron dos frasquitos de plástico.

—¿Y esto para qué es? —consultó Norman.

—Para muestras de orina y heces. No debe pasar más de dos horas desde que saca las muestras hasta que la entrega en el laboratorio.

Era lo que se temía: tener que sacar muestras de su intimidad. Cuando llegó a su casa, Haydée, que no sabía cómo se había enterado, le pidió las instrucciones para controlar que cumpliera estrictamente lo indicado. Y así fue. A las cinco y cuarenta y cinco le sirvió una cena de dieta de pollo y verduras. Nada de digestión fuerte.

Al día siguiente, a las seis de la mañana, Haydée ya tenía los tres vasos con agua para su esposo para la prueba de ecografía. Pero le dijo que primero se metiera al baño para la toma de muestras.

—¿Quieres que te ayude?

—¡No! ¡Déjame solo, por favor!

—Voy a estar detrás de la puerta. Si me necesitas, me llamas.

—Por favor, Haydée. Ándate a otro sitio, sino no voy a poder hacer nada.

Haydée tuvo que irse y Norman se encerró en el baño. La muestra de orina era fácil, solo tenía que colocar el miembro viril en posición y agarrarlo con la mano derecha como si fuera una abrazadera. Destapó el frasquito y se puso en la posición que imaginó sería la más cómoda para alcanzar el húmedo objetivo. De acuerdo con las instrucciones, primero había que botar un chorrito. ¡Listo! Ahora estrangular. Luego, colocar el frasquito y llenarlo. Despacio, despacio, ¡estrangular!, ¡listo! Y ahora sí a vaciar la vejiga.

Ahora la de popó. ¿Y cómo se hace? Se quedó pensando un momento. Una forma sería usando una bacinica y hacer la pufi; después, ayudarse con algo para sacar un poquito y llenar el frasquito. Pero ¡qué asco! ¿Y si hacía lo que tenía que hacer y llamaba a Haydée para llenar el frasquito? Podría ser, total, ella misma se había ofrecido. Por otro lado, ella tenía experiencia: se había encargado de sacar las muestras a sus hijos cuando eran chicos. Desde otro punto de vista, se trataba de una cosa muy personal e íntima.

Otra idea. Levantar la tapa y el aro del wáter, sentarse bien al extremo para que la muestra no caiga al agua sino al talud interior; luego, llenar el frasquito. ¿Con qué? Con un palito. Una vez terminado el procedimiento, jalar la palanca tantas veces como sea necesario hasta dejar todo limpio, y con eso evitaba tener que lavar la bacinica. ¡Brillante idea! Solo tuvo que salir un rato del baño para buscar el palito.

—¿Yaaaa, Norman? —preguntó la esposa.

—¡Por favor!, ¡déjame tranquilo!

Regresó al baño con su nueva herramienta. Todo salió de acuerdo con lo planeado. Ya tenía sus muestras donde debían estar. Se dio un baño y después se vistió. Con un lapicero anotó los datos necesarios en las etiquetas de los frascos, los metió en una bolsa de papel y luego en otra de plástico, le hizo un nudo y salió para la clínica.

—¡Norman, el agua! —escuchó gritar a su mujer.

Sí, faltaba el agua. Tuvo que regresar a tomar tres vasos llenos. Era la indicación que no debía omitir para la prueba de ecografía.

—¿Te acompaño?

—¡No, por favor!

Esta vez sí se fue. Llegó tan rápido como pudo por la advertencia de las dos horas para entregar las pruebas. No quería tener que repetir el muestreo. Al ingresar a la clínica, un empleado le preguntó si venía por el examen ocupacional anual. Ante la respuesta positiva, le indicó que primero se acercara a la recepción.

Se sentó delante de la recepcionista, quien le empezó a preguntar sus datos generales: nombre, edad, empresa y otros que pedía el formulario. En un momento de pausa, se atrevió a preguntarle:

—Señorita, ¿dónde entrego las muestras? No se vayan a pasar.

La pregunta era bastante incómoda, no pudo evitar sonrojarse y desviar la mirada.

—En el primer sótano, en el laboratorio. Pero no se preocupe, primero terminaremos de llenar el formulario y luego una señorita lo acompañará —lo dijo sin ningún problema, acostumbrada a dar este tipo de información.

Norman sostenía su paquete tratando de esconderlo debajo de la silla. Efectivamente, una recepcionista lo condujo al laboratorio para sacarle muestras de sangre. Al enfermero que lo iba a hacer le preguntó:

—Señor, ¿estas muestritas?

—Déjelas ahí nomás. Las ha rotulado, ¿no?

El enfermero habló con tanta naturalidad que pareció referirse a un paquete de galletas, un libro o a cualquier cosa, menos a un material tan personal e íntimo. Dejó la bolsa con los frasquitos y así, por fin, se sacó el primer peso de encima.

La toma de la muestra de sangre era un pancito con mantequilla. Un hombre duro como él ni siquiera cerraba los ojos al momento del pinchazo, sino que se quedaba mirando la aguja y el flujo rojizo. Cuando retiraron la jeringa y pusieron el algodón, adoptó una expresión de indiferencia. Inmediatamente la anfitriona lo condujo a la sala de ecografía. Era cierto y recién lo notaba. Tenía ganas de orinar y empezó a sentir dolor en la zona de la vejiga.

—Siéntese, señor. Cuando tenga ganas de orinar, me avisa — le dijo su acompañante.

—Señorita, la verdad es que ya no aguanto.

—Entonces espere que voy a avisar para que pase. Solo hay un paciente antes que usted.

—Pero, señorita, ya no aguanto…

—Señor, espere su turno, por favor.

Norman se paraba, caminaba, se sentaba, cruzaba una pierna y luego la otra. Pensaba en otra cosa, pero el dolor aumentaba. Hasta que se le ocurrió una solución salomónica: «Ya sé, voy al baño y boto un chorrito». Fue al baño y, por la presión, botó todo.

—Señorita…. —contó lo sucedido.

—Vuelva a tomar agua hasta que le vuelva a dar ganas. Allí está el bidón y también unos vasitos. Esta vez aguante, por favor —fue la respuesta profesional de la enfermera.

Los otros exámenes eran de lo más sencillos. Pasó por el odontólogo, con quien resultó totalmente invicto; el otorrino, donde supo que su oído estaba sin novedad, casi como cuando era un niño; luego, el oftalmólogo, ahí tuvo su primer tropezón con la vida real y su estado anímico.

Luego de pasar por todos los aparatos de presión, fondo de ojo, retina, lectura de lejos y de cerca, la conclusión fue fulminante:

—Señor, va a tener que usar correctores de lejos y de cerca. Tiene ligera miopía y astigmatismo, pero es preferible tratarlo de una vez para evitar que se incremente.

En un intento desesperado por negar lo evidente, Norman preguntó:

—¿Qué son correctores, doctor?

—Lentes, pues, anteojos, no se haga. Seguramente cuando usted lee o ve televisión le aparece un ligero malestar o dolor de cabeza, ¿no es así? A ver, lea este texto —y le puso un papel con letras bastante chicas.

Norman tomó el papel e intentó leer. Efectivamente, había como una nube de vapor encima de las letras. Empezó a alejar el texto en forma instintiva y conforme lo hacía, iba viendo con más nitidez las letras. Hasta que cuando lo tuvo a la altura de la bragueta, pudo leer con toda claridad.

—Ya ve, doctor, aquí si leo perfectamente.

—Eso se conoce como «visión prepucial» —dijo el doctor tratando de hacerse el gracioso—. Eso indica que debe usar lentes. A pesar de todo, tiene muy buena vista para la edad que tiene.

Esta expresión, aunque trataba de ser alentadora, tuvo un efecto en la autoestima de Norman. No le quedó otra que hacerse a la idea. «Muy buena vista para la edad que tiene» era un aparente halago, pero si uno analizaba el significado oculto, referido indudablemente a la vejez, realmente tenía un efecto depresivo.

Como no todo podía ser negativo, la siguiente prueba era para ver cómo reaccionaba el corazón ante una marcha sostenida. En este caso, con el antecedente de que él normalmente hacía algo de gimnasia y salía a correr por el parque todas las mañanas, parecía que pasar la prueba no sería complicado. Efectivamente, fue favorable. Se subió a la faja, caminó, trotó y hasta corrió, mientras el especialista miraba los controles y monitores, e iba haciendo anotaciones y mediciones que se registraban automáticamente. Al final, todo salió como lo esperaba. Lo felicitaron por haber obtenido buenos resultados, sin hacer ninguna referencia a la edad. Al menos eso sirvió para recuperar la moral que se le había disminuido en la prueba oftalmológica.

Venían otras pruebas y exámenes, pero la que seguía era la temida y angustiante prueba proctológica, la revisión de la próstata a través del tacto rectal. La anfitriona lo llevó a la salita de espera, en la que había varios hombres aguardando su turno. Todos sentados con actitud recelosa, como condenados a punto de ser llamados al patíbulo.

Por fin se abrió la puerta del consultorio, de donde salió un paciente cojeando. Esto no hizo más que provocar nerviosismo y hasta un poco de pánico entre los pacientes. Se miraban unos a otros como preguntándose qué pasaba y qué debían hacer en esos casos. En algunos se apreciaba tal grado de angustia que daba la impresión de que estaban con toda la intención de hacerse humo. La anfitriona se había dado cuenta de lo enrarecido del ambiente. Cuando el hombre que acaba de salir se alejó de la sala de espera, se dirigió a los demás pacientes para decirles: «Señores, por favor, no tienen por qué preocuparse. El paciente que ha salido sufrió un golpe en la rodilla practicando deporte. Su cojera no tiene nada que ver con el examen, así que relájense y esperen que los llame. Gracias».

Esas palabras tuvieron un efecto balsámico. Los hombres bajaron el nivel de ansiedad. Llamaron a uno que se incorporó respirando hondo y murmurando algo que sonó como: «¡Chesm!». Todos supieron interpretar; sobre todo, en su significado más profundo.

Ingresó al consultorio y cerraron la puerta. Los demás se miraban con cierta preocupación. Estimaban que dentro de diez minutos debía salir. Si salía cojeando, sería un muy mal síntoma, lo que los obligaría a repensar la situación.

Efectivamente, casi a los diez minutos sonó la puerta, giró el picaporte y se abrió. Ante la mirada atenta de todos, salió el paciente cojeando. Nuevamente el ambiente se cargó de tensión. Pero luego de dar unos pasos, continuó su camino andando con normalidad, con el rostro descongestionado y hasta con una sonrisa de satisfacción por el deber cumplido. Indudablemente se trataba de una persona con alma de cómico.

El siguiente. Le tocaba a Norman. Se incorporó en forma decidida, sin pronunciar una palabra, aparentemente sereno, aunque no podía evitar que por su mente circularan las historias que había escuchado sobre el citado análisis. Se preguntaba: «¿Será por eso por lo que le llaman examen médico anual? ¿Anual de año o anual de qué? En fin, ya estoy acá».

Tocó la puerta, giró la perilla y entró. Como primerizo, entró saludando, sacándose la correa y desabrochándose el pantalón.

—No, tranquilo, todavía no. ¿Está apurado? —quiso hacer un chiste el doctor, pero el efecto no fue el esperado.

—No, doctor, es que no sabía —el rostro de Norman empezó a reflejar una nueva tonalidad rojiza.

—Siéntese, por favor. Tengo que hacerle unas preguntas.

El médico abrió el folder con el historial e inició la tanda de preguntas: «¿Tiene problemas para orinar?», «después de terminar de orinar, ¿siente que no ha evacuado todo?, ¿gotea o no gotea?, ¿duele o no duele?». Conforme se iba acercando a la última pregunta, la tensión iba creciendo. Era claro que llegaba la hora de la verdad. Terminado el formulario, el doctor se incorporó y le dijo: «Ahora sí, bájese el pantalón y el calzoncillo. Apoye los hombros en la camilla y separe las piernas. ¡Relájese! No va a pasar nada».

Norman obedecía resignado. Por su mente pasaban las palabras «pollito a la brasa, chanchito al horno, pollito tomando agua». No quería pensar en eso para no soltar una risa nerviosa que hubiese hecho insostenible la situación. Pero no podía alejar las ideas. Vio que el medico se ponía unos guantes y se echaba bastante vaselina. Norman pensaba que debía estar muy atento por si le ponía las dos manos en los hombros. También le miraba los dedos. No eran ni gruesos ni finos, sino normales. Eso era un consuelo.

El médico se acercó decidido y con un movimiento, que denotaba su experiencia tauromáquica y práctica en estas lides, clavó una banderilla perfecta.

—Tranquilo. Puje un poquito. ¿Qué siente?

Norman no quería pensar en el chiste. Trataba por todos los medios de no recordar lo que le habían contado. No quería ni siquiera responder mentalmente a la pregunta. Pensaba en marcas de autos, pero se venía el pensamiento. Pensaba en el campeonato de fútbol, los goles, pero se venía la malévola idea. Pensaba en la última película de cine que había visto. Pero no pudo. Apareció en su mente la respuesta que no quería: «Siento que lo quiero, doctor». Pero no lo dijo. Casi le vino un ataque de risa, pero contuvo la carcajada. Hubiese sido muy incómodo que eso sucediera justo en la situación que estaba atravesando o en la que estaba atravesado. Por otro lado, mentalmente iba contando los segundos de la intervención: tres, cuatro, cinco, seis… ¡Ya estaba libre! ¡No había llegado ni a los diez! ¡No había pasado nada! ¡No hubo miradas lascivas ni pedidos de besitos! Todo había terminado.

Aliviado, se vistió y se despidió sin siquiera preguntar si el especialista había encontrado algo anormal. Se retiró del consultorio lo más rápido posible para que no se hiciera notorio de qué especialidad lo hacía. Dio tres pasos largos para alejarse de la puerta y por fin se sintió seguro. Nadie lo estaba mirando.

Lamentablemente, la escena no terminó ahí. Se le acercó la anfitriona con su tablero de apuntes, donde anotaba los exámenes que iban pasando los pacientes a su cargo con la finalidad de ir orientándolos. No tuvo mejor idea que acercársele, mirarlo fijamente, y preguntarle en voz alta:

—Señor, ¿ya pasó proctología?

—Sí, señorita, ya pasé.

Con el rostro nuevamente teñido de rojo y observado por la mirada fija de las personas, caminó rápido hasta doblar la esquina de un pasillo que lo llevó a dejar de ser el centro de atención. A partir de ese corredor, nadie sabía lo que le había ocurrido minutos antes; por lo tanto, podía caminar con toda naturalidad.

Habiendo pasado esta prueba —que era la más difícil— el resto de las pruebas ya no generarían ninguna emoción ni angustia, así que las terminó y se retiró.

Eran las dos de la tarde, pero ya no regresaría a la oficina.

Llamó a Haydée para avisarle que se iba para la casa.

—¿Te dieron los resultados?

—No, seguramente la próxima semana.

—Pero ¿te dijeron algo?

—No. Ya voy para la casa y ahí te cuento. ¡Chau!

Subió a su auto, pensando que efectivamente los resultados estarían en una o dos semanas. Según había podido escuchar de las experiencias de sus compañeros, los resultados casi siempre salían bien. No recordaba que a alguno de sus compañeros de trabajo en alguno de ellos hubiesen encontrado algún problema grave. Había que pensar que lo mismo pasaría con él. Nunca sufrió enfermedades graves y no había razón para pensar que algo diferente ocurriría con él.

Casi siempre los resultados salían bien.

Casi siempre.

Casi.

El penal virtual

Quizás el calentamiento global o el debilitamiento de la capa de ozono tenían algún efecto en los seres vivos. El incremento de violencia y agresividad no solo se notaba en la fauna en general, sino entre los seres humanos.

Noticias llegadas desde el África anunciaban que manadas de elefantes habían atacado a los leones sin mayor explicación, causando mortandad entre ellos. Además, bandadas de pájaros arremetían contra pacíficos ciervos para picarles los ojos; estos, una vez de repelido el ataque, arremetían contra una jauría de hienas.

El Ministerio de Salud tuvo que hacer una fuerte campaña de desratización, porque los roedores se tornaron sumamente agresivos y, sin el menor temor por las personas, tomaban por asalto los mercados y centros de abasto. Y no solo eso, los roedores se enfrentaban con fiereza, sin importarles la diferencia de tamaño. Aunque los primeros ataques habían causado estragos solo entre los vendedores y el público comprador, la reacción de los humanos fue tan salvaje que los belicosos animalitos fueron masacrados, quemados y apilados en las pistas.

Pero eso no era lo más preocupante. Se había observado que la intolerancia entre las personas alcanzaba niveles nunca antes vistos. No había día en que no ocurriera una gresca descomunal, un ataque con armas de una persona a otra o de un bando a otro. Se producían asesinatos por causas que escapaban a los parámetros estadísticos. Un motivo absurdo terminaba con la vida de alguien.

Sin ir muy lejos, un día cualquiera, cuando el calor derretía a las personas, un hombre que viajaba en un microbús trataba de avanzar para bajar en su paradero. Como el vehículo estaba repleto de pasajeros, no pudo evitar empujar a las personas que estaban en dirección a la puerta de salida. Uno de los hombres que estaba casi al final no se quedó tranquilo y resignado, sino que volteó y le propinó un cabezazo al supuesto agresor. Este respondió el golpe y se armó la pelea. Ambos cayeron a la pista y la gresca continuó con gran ferocidad. Hasta que uno de ellos, con un certero puñetazo, logró derribar al otro, que se quedó inmóvil en la vereda. Sin embargo, en vencedor no se quedó conforme con haber derrotado a su oponente, sino que tomó una piedra y le reventó la cabeza, quitándole la vida de inmediato.

La gente que lo rodeaba interceptó al asesino cuando trataba de huir y si no fuera porque en ese momento pasaron varios policías en su patrullero, la multitud hubiera impartido la justicia popular. Los policías lo rescataron y lo llevaron a la comisaría para realizar las investigaciones del caso, mientas llamaban al fiscal y una ambulancia para que atiendan a la otra persona. En realidad, solo para seguir el protocolo porque el individuo ya estaba muerto.

Aunque parezca una coincidencia extraña, a pocas calles de ahí se estaba perpetrando el robo a un banco. Ocho delincuentes armados habían ingresado a la sucursal y balearon al vigilante, golpearon innecesariamente a la gente que ya estaba rendida y amenazaron a empleados y cajeros con armas de guerra sobredimensionadas para la acción que estaban realizando. Mientras algunos de ellos exigían las pertenencias de la gente, otros robaban lo más rápido posible el dinero a los cajeros. Sin embargo, los agentes del orden fueron avisados del hecho y comenzaron a rodear el edificio. Teniendo en cuenta la peligrosidad de los malhechores, cada vez fueron más los policías que llegaron con modernos y sofisticados equipos. Hasta que el comandante dio la orden de iniciar las acciones. Previamente, apoyado por un megáfono, avisó a los malhechores para que se rindieran y entregaran las armas. Unos minutos después obtuvieron la respuesta: una ráfaga de balas provenientes del interior del edificio.

También hubo amenazas de matar a rehenes, gestiones para disuadirlos, gente que pudo escapar en un descuido de los asaltantes y personas que no lograron su objetivo y terminaron baleadas. Hasta que se ordenó el ingreso al banco a sangre y fuego. Así fue como, en un operativo muy bien coordinado, pudieron entrar y capturar a cinco de los ocho asaltantes, los otros tres fueron liquidados en la acción policial. Inevitablemente hubo heridos y dos muertos entre las personas que estaban dentro del establecimiento. Inevitablemente es un decir, porque la violencia también invadía a las fuerzas policiales que en los últimos tiempos actuaban con una brutalidad inusual y seguramente en otras circunstancias no hubiera habido fallecidos.

Este tipo de acciones no solo ocurrían en la ciudad, sino en todo el país. Estos hechos violentos se sucedían con demasiada frecuencia y cada día las estadísticas indicaban que no había menos de veinte a treinta delincuentes capturados. Los delincuentes que habían cometido delitos graves y que no se salvarían de ser internados en las prisiones, teniendo en cuenta la gravedad de sus acciones, purgarían penas que se contaban en años. Esto significaba unos seiscientos a novecientos nuevos internos en las cárceles, lo que complicaba cada vez más el sistema penitenciario que ya había colapsado hacía un buen tiempo. Según se podía prever por el análisis de las estadísticas, el incremento de reos condenados haría que se duplicara la población penal en un tiempo relativamente corto.

El efecto de este aumento en la violencia y ola delincuencial se estaba notando dramáticamente en la sobrepoblación de las cárceles a un nivel nunca antes visto. Para tratar de revertir esta situación que se había convertido en una emergencia, ya se habían intentado algunas estrategias como la redención de penas si es que el interno daba muestras de haber modificado su conducta, de haber dedicado tiempo a labores de reconversión social o a ocupar su tiempo en cosas positivas. Pero la respuesta era insuficiente. Daba la impresión de que preferían quedar presos, pues casi en la totalidad de los casos los que por alguna razón recobraban su libertad, reincidían inmediatamente en actos delictivos y tenían que volver a ser internados. Y si la violencia se incrementaba en la ciudad, no era difícil imaginarse lo que pasaba ahí adentro. Aun cuando era común que todos los días que se produjeran reyertas que terminaban con cifras de fallecidos, el balance general indicaba un gran incremento de la población de internos.

También se apeló a la gracia presidencial del indulto y del arresto domiciliario. Si estas medidas se hubiesen aplicado hacía algunos años, probablemente un número considerable de evaluados hubiera alcanzado la calificación para salir de la prisión. Sin embargo, el grado de descomposición moral que se vivía no permitía incluir a nadie en la lista de indultados. Ni a uno solo.

Se habían producido varias reuniones entre el ministro de Justicia, el ministro del Interior y el presidente del Poder Judicial para buscar alternativas. Las principales conclusiones a las que se había llegado fueron las siguientes:

—No se podía enervar la acción de represión de la delincuencia en las ciudades, porque podría incentivarse el incremento indeseable de estas acciones.

—No se podía utilizar centros penitenciarios alternos; es decir, no construidos ex profesamente para este fin, porque el resultado sería fugas masivas de delincuentes.

—No se podía optar por construir más centros penitenciarios; por un lado, no se contaría con suficiente personal para realizar las funciones inherentes; por el otro, el crecimiento del número de presidiarios haría que tarde o temprano la capacidad de las nuevas instalaciones también colapsara, tal como ya estaba ocurriendo con las actuales prisiones.

—No se podía pedir que se aplicaran penas menos severas a los delincuentes, porque sería contravenir las leyes; además, constituiría un incentivo para la reincidencia en los delitos y para que otras personas también opten por salirse de la ley.

—La pena de muerte, que contribuiría a reducir el número de internos, no estaba permitida.

—No se podía pedir a las autoridades de los penales que eliminen presos de la forma más disimulada, aunque podría hacerse algún intento con aquellos que nunca recibían visitas.

Sin embargo, si existían soluciones factibles, por lo menos teóricamente. Se conocía que en otros países que tenían el mismo problema se habían hecho algunas pruebas con resultados alentadores. Dos eran las tecnologías que habían sobresalido por el efecto inmediato que tuvieron; una de ellas que aún estaba en fase preliminar, por la perspectiva de desarrollo que podía preverse.

La primera fue la conocida como el Nicho criogénico. Se trataba de grandes pabellones, como los que hay en los cementerios, con sus respectivos nichos y con un sistema de refrigeración a temperaturas cercanas al cero absoluto, lo que permitía que el preso se mantuviera en vida latente. Esta tecnología venía siendo aplicada desde hacía muchos años en el congelamiento de células; por ejemplo, espermatozoides para posterior inseminación, células madre e incluso gente con mucho poder económico se había sometido al congelamiento con la finalidad de ser reanimado luego de los años suficientes como para que se haya desarrollado la ansiada panacea de la juventud y vida eterna.

El problema era la gran inversión que demandaba.

Efectivamente, las paredes de los nichos debían ser de un material aislante especial y una serie de tuberías deberían recorrerlo para transportar el fluido helado que mantendría la radical baja de temperatura. No solo eso, la máquina criogénica tenía que ser de un tamaño descomunal y consumía una inmensa cantidad de energía.

El otro problema era que el tamaño de los cuarteles también tenía que ser considerable. Entonces, si bien es cierto resolvía el problema teóricamente, el tamaño de los cuarteles para albergar unas

135 personas, considerando una fila de quince nichos con una altura de nueve de estos, tendría una dimensión de dieciocho metros de largo por once metros de alto y dos metros y medio de profundidad. Eso equivalía a 3.6 metros cúbicos por persona. Comparado con una celda actual de cuatro metros por lado con dos metros y medio de alto, donde se albergaba a seis personas, la ratio resultaba en 6.4 metros cúbicos por persona; es decir, un ahorro de espacio de 43.75 %. Si bien es cierto había que descontar los gastos en mantenimiento y alimentación, el costo de la energía para mantener la temperatura gélida prácticamente eliminaba la ventaja.

Como se utilizaba este método para condenados a más de cinco años de prisión —en algunos lugares se había establecido el beneficio del dos por uno; es decir, por cada año en la congeladora se computaba dos de la condena y se había comenzado por los que tenían condenas más largas— aún no se había realizado ninguna reanimación, así que no se sabía a ciencia cierta si se tendría éxito en volver a la vida a los prisioneros. Astutamente, los gobiernos que habían implantado el sistema lo anunciaron como la gran solución y realizaron la inauguración con ceremonias televisadas, así podían lograr un gran impacto entre los habitantes y posibles votantes en futuros comicios, pero dejarían el problema de la reanimación y la posibilidad de fracaso al siguiente gobierno.

Un efecto que se apreció fue que el número de visitas de los familiares y amigos de los presos que se mantenían en la congeladora iban reduciéndose progresivamente hasta descontinuarse por completo. Esto trajo como consecuencia denuncias de desaparición de cuerpos cuando, fortuitamente y después de un largo período, aparecía de visita un familiar. Según se decía, se había detectado que los presos eran trasladados clandestinamente a las facultades de medicina, a los zoológicos y a los circos como alimento para los animales, aunque las autoridades de los penales lo negaban enfáticamente.

La otra solución era conocida como El closet. Había sido desarrollada en Pakistán por un grupo multinacional de científicos británicos, japoneses y alemanes, lo que aseguraba su altísimo grado de sofisticación. Consistía en retirar el cerebro del preso, colocarlo en unas urnas con un líquido parecido al amniótico y alimentarlo de sangre con una pequeña bomba centrífuga. Todo, por supuesto, en un ambiente aséptico.

Los cuerpos eran colgados en unas correderas —lo que causaba la impresión visual de que se trataba de ternos colgados en un clóset— con sondas gástricas para enviar la cantidad mínima necesaria para alimentar al cuerpo y otras para retirar los desechos. Se había reemplazado el cerebro por una tarjeta electrónica que enviaba señales a los pulmones, el corazón y el sistema digestivo, de modo que así se mantenía las funciones vitales utilizando los propios órganos del cuerpo. Es decir, se evitaba el uso de aparatos externos, lo que habría elevado el costo operativo a niveles imposibles.

El clóset era un ambiente de baja temperatura, alrededor de los cero grados centígrados, con una altura de 2.4 metros, lo que permitía colocar cuerpos ocupando un mínimo de espacio. Según cálculos realizados, cada cuerpo ocuparía aproximadamente 0.36 metros cúbicos; es decir, ¡un ahorro de espacio del 94.38 % respecto a las cárceles convencionales! Claro que a esto había que sumarle el espacio ocupado por las urnas con los cerebros, pero ya se apreciaba un avance notable.

Sin embargo, esta tecnología era mayoritariamente teórica, pues estaba aún en desarrollo. Si bien es cierto que en dicho país se realizaron algunas pruebas, todavía no se había aplicado de forma masiva. Esto fue considerado como una oportunidad para el ministro de Justicia. Como era una tecnología en desarrollo era probable que muchos gobiernos aportaran fondos para los estudios y experimentaciones. El ministro Esparza converso con el coronel Pedraza, jefe de los penales de la ciudad, y acordaron que el país debería ofrecerse para el desarrollo del proyecto. Durante el siguiente consejo de ministros se hizo el anuncio y se decidió contratar al más prestigioso estudio de comunicación social para que diseñara la campaña con la que se anunciaría el futuro logro, pero de tal forma que no se hiriera susceptibilidades pues era indudable el tinte macabro que ofrecía esta solución. Además, se contrató al más prestigioso estudio de abogados constitucionalistas y penalistas para hacer los cambios en el marco legal y así incentivar a que los presidiarios entren al programa. Se previó que debía haber verdaderos incentivos penitenciarios, pecuniarios e indemnizaciones para las familias por si algo fallaba.

Se lanzó el programa. Los avisos publicitarios presentaban al gobierno como el autor de uno de los más importantes proyectos de los últimos tiempos. No solo se habían preocupado por la civilidad, sino por el bienestar de la población penitenciaria, que en los spots publicitarios aparecía contenta, radiante, en ambientes amplios e iluminados y ocupándose de labores que permitirían su pronta reinserción en la sociedad. Se presentaba el programa de reducción de carcelería de tres por uno y se veía que expresidiarios salían de la cárcel sonrientes, con ropa limpia, dándole la mano a todo el mundo y mirando con cierta nostalgia el presido; luego, se les veía trabajando en diferentes puestos ya reintegrados a la sociedad. Y todo gracias al nuevo programa que se estaría implementando en breve.

Ya los científicos e investigadores extranjeros se habían instalado en ambientes especialmente acondicionados dentro de un cuartel del Ejército. Habían traído los equipos más modernos. Incluso, no se había desperdiciado ni un solo segundo y ya se estaban desarrollando pruebas iniciales con animales: se les sacaba el cerebro y se colgaba el cuerpo; días después, se reinsertaba el órgano.

Luego de muchas pruebas, y con la esperanza de éxito cada vez más grande, se logró la conformidad del director del programa científico. Estaban listos para aplicarlo al primer humano. El problema era conseguir el voluntario para esta prueba inicial.

Alejados ya de los trucos publicitarios, no era sencillo convencer a alguien de que le saquen el cerebro y lo cuelguen como ropa. Los presidiarios tenían la esperanza de salir de la cárcel algún día, pero vivos y enteros y no en ataúdes. No habían pensado en acabar con su propia vida dentro de prisión, lo que sería más o menos equivalente a ingresar al programa que les ofrecían.

Pasadas algunas semanas y sin resultados positivos, Esparza llamó a Pedraza para conversar sobre el tema. Ya no podían perder más tiempo. Se arriesgaban a que la misión científica se impacientara y se fuera del país. No solo se quedarían con el problema, sino que harían el ridículo a nivel nacional e internacional.

No es difícil imaginar lo que hicieron. Tenían que buscar «voluntarios» para iniciar el programa, lo que en el fondo no representaba ninguna dificultad. Lo más sencillo era revisar los expedientes de los presidiarios, ubicar aquellos que tenían las penas más largas, que ya llevaban muchos años presos y que recibían la menor cantidad de visitas; o sea, a quienes nadie echaría de menos.

A nivel nacional ubicaron más de mil presidiarios que cumplían con el perfil, así que suspendieron la búsqueda, pues ya contaban con suficientes prospectos. Se fueron reuniendo con algunos de ellos para conversar sobre la posibilidad de reducirles la pena, lo que generó interés en casi todos. Algunos ya no tenían el menor deseo de salir de la penitenciaria; con los años que habían estado internos se sentían totalmente ajenos, desadaptados e incapaces de retornar a su antiguo mundo. Con los otros, los que no mostraban rechazo al programa, se recurrió a viejo truco de *marketing*: «Las vacantes para el programa son limitadas y ya se están completando la cantidad de voluntarios», una posición que se veía reforzada por la cantidad de internos que estaban esperando para la entrevista.

Lo único que tenían que hacer era firmar algunos documentos en presencia de los testigos y un notario que se había prestado para dar fe del acto. El asunto era sencillo: bastaba que se les hablara sobre la reducción de la pena y se les explicara que se trataba de cooperar con unos trabajos científicos para que firmaran los documentos sin necesidad de leer las miles y miles de palabras que aparecían en estos.

Pocas semanas después se inició la primera prueba. El reo fue conducido a la sala experimental para el trabajo. Fue aseado y se le colocó una ropa especial. Se le explicó que sería anestesiado y que todo sería muy rápido. Una vez en el quirófano, los científicos empezaron su labor con muchísima precisión y maestría. Aserrar el cráneo, colocar los drenes y las pinzas necesarias para evitar la hemorragia. Luego la extracción del cerebro y los órganos asociados para trasladarlos a la urna acondicionada. Colocar el dispositivo electrónico de alta duración para mantener las funciones vitales del cuerpo. En total, la intervención había demorado tres horas y en concordancia con la transferencia tecnológica prevista, habían asistido médicos locales para conocer la técnica.

El cuerpo fue llevado a la habitación especial —conocida como el Clóset— para mantenerlo con vida. Al ser este un caso experimental, se le colocó además de sondas de alimentación y desechos, electrodos conectados a los equipos de control para poder monitorear su salubridad.

Luego de un descanso y de una charla técnica brindada por los expertos, se conformaron cuatro grupos de trabajo, entre expertos y aprendices, liderados por los científicos extranjeros, para incrementar la velocidad de las operaciones mediante la conformación y entrenamiento de varios médicos que laborarían simultáneamente en otros equipos en el futuro, pero esta vez como líderes para entrenar a más y más profesionales. Con esta primera iniciativa se lograría realizar cuatro operaciones diarias por grupo durante cinco días. De acuerdo con el plan, periódicamente se incorporarían más profesionales. Fue así como a la semana siguiente ya había dieciséis grupos y al mes siguiente treinta y dos. Esto permitió que diariamente se trataran a ciento veintiocho reos. Ya no era necesario formar más grupos de trabajo por el momento, pues ya se tendría suficiente cantidad de especímenes en El clóset para reevaluar todo lo trabajado. Como parte de lo planificado se tenía programado restaurar a unos diez presidiarios al cabo de seis meses para comprobar si se alcanzaba el éxito completo respecto a la secuencia del experimento. El logro que si era absolutamente tangible era que se alcanzaría era una tasa de reducción carcelaria muy favorable: ciento treinta conversiones diarias versus veinte o treinta ingresos de nuevos de presidiarios. Según las cifras de criminalística que se manejaban, se llegaría a una reducción de cien internos por cada día y se preveía más de treinta y seis mil al cabo de un año.

Los treinta y dos equipos eran más que suficiente. Al mes de iniciado el programa se suspendieron las intervenciones cuando se completaron los mil presos operados. No dejaba de ser espeluznante ver las urnas con los cerebros flotando en el líquido amarillento que los mantenía con vida. Un órgano acostumbrado a ordenar que se hagan las cosas estaba ahora privado de todas sus extensiones. ¿Estaría pensando? ¿Qué estaría pensando? O habría activado el mecanismo de defensa de desconectarse del mundo y estaría en un sueño permanente. ¿Qué estaría soñando?

O se habrían apagado y quedado en estado vegetativo.

Mucho más espeluznante era ver cómo estaba El clóset con mil cuerpos inertes colgados, desnudos, tapados por plásticos y con las sondas de alimentación y drenaje conectados. Parecía un camal con cuerpos apiñados. Lo que sí no se podía negar era que se ahorraba una gran cantidad de espacio.

Las urnas y los cuerpos estaban perfectamente identificados con códigos biométricos para evitar alguna confusión a la hora de reunir cada cuerpo con su respectivo cerebro. Esta era un tema de máxima importancia, porque no se había estudiado, al menos por el momento, lo que ocurriría con el cerebro si era reimplantado en un cuerpo ajeno.

Vencido el plazo de seis meses, se escogieron los treinta y dos mejores cuerpos para la restauración y uno más que sería intervenido por el equipo de especialistas extranjeros, con lo que estarían dando por terminada su labor en el país.

La sala de operaciones estaba dotada de cámaras de alta resolución para que por circuito cerrado se pudiera apreciar la proeza que se iba a realizar. Los otros treinta y dos equipos estaban ubicados de tal modo que en otro ambiente tenían acceso a ver seis pantallas gigantes que enfocaban desde diversos puntos la camilla y reproducían los valores de los signos vitales que mostraban los diferentes monitores.

Todo se desarrollaba con precisión y eficacia. Ya habían retirado la placa electrónica y reinstalado el cerebro en su posición para finalmente recolocar la tapa del cráneo. De pronto, los valores del monitor se volvieron locos: subían y bajaban sin razón. Los signos vitales estaban absolutamente inestables, hasta que finalmente desaparecieron. Un infarto al miocardio resultó fulminante. A pesar de las maniobras de resucitación, todo fue inútil.

El equipo principal inició de inmediato la autopsia. Se llegó a determinar que el cuerpo estaba totalmente sano al iniciar la intervención, pero la reacción emotiva del cerebro, al recuperar la integridad con su cuerpo, envió señales tan poderosas que terminaron por descompensar el corazón y causar la muerte.

No había tiempo para desperdiciar. Tomaron un segundo cuerpo y su respectivo cerebro, e iniciaron la intervención. Esta vez le agregaron al cerebro una sustancia para adormecerlo, de modo que al integrarlo al cuerpo la reacción no fuera violenta. Todo salió bien. Unas horas después, el presidiario despertaba como después de un sueño cotidiano. Además, a partir de ese momento, ya era un hombre libre. No regresaría a su ciudad, el grupo de científicos, según el acuerdo que había firmado, se lo llevaría a otro país para exhibirlo como un gran triunfo de la ciencia.

Por otro lado, todos los papeles del difunto se arreglaron para que no hubiera observación alguna. Según los cálculos, no debería haber ningún reclamo, porque estaba visto que a nadie le interesaba esa persona. Al coronel Pedraza se le ocurrió algo interesante: los órganos estaban frescos y los papeles en regla. Con los contactos adecuados, esos órganos podrían entrar al mercado de órganos para trasplantes y significaría un ingreso adicional. Evidentemente, se trataba de un ingreso económico personal y no para el proyecto.

Así fue como inició su negocio colateral a través del capitán Figallo,

su hombre de confianza, un negocio que no había sido planificado. Con algunos conocidos en el rubro médico, no fue difícil colocar en el mercado las córneas, corazón, hígado, riñones y hasta la piel. Parecía que se había iniciado una nueva actividad rentable.

Luego del rutilante éxito que daría prestigio no solo al grupo de científicos sino al gobierno en general y en particular a los ministros y funcionarios que participaron directamente, los treinta y dos equipos iniciaron su trabajo con total éxito. Y los reclusos reensamblados, luego de seis semanas de recuperación, iniciaron su nueva vida como gente libre, como gente que se iría a vivir a otros países. Pedraza, a sugerencia del equipo de *marketing*, no dejó pasar la oportunidad de organizarles una despedida, a la que asistirían algunos amigos de varios pabellones para que se muestre la bondad del programa, de modo que sirviera de incentivo para que muchos otros se animaran a inscribirse y ser los nuevos beneficiarios de lo que ya era una realidad. El resultado de esta maniobra fue positivo. Ahora eran los presidiarios que no estaban en el programa los que exigían que se les incorporara; incluso, faltaban formularios para la inscripción.

Pocas semanas después ya se pensaba en la construcción de un segundo y tercer clóset, pues se había sobrepasado la capacidad del primero y se estimaba que el segundo estaría lleno en menos de un año.

Pedraza pensó que con tantos cuerpos colgando, por tantos años y con una cuidadosa selección de candidatos, tenía asegurado el éxito del negocio colateral de la venta de órganos. Teniendo tantos cuerpos en El clóset, se podía justificar estadísticamente la «muerte natural» y posterior desaparición de cuerpos para venderlos «por partes». También pensó que podría ampliarlo y diversificarlo. Supuso que no le sería difícil de convencer a alguno de los treinta y dos grupos de científicos de usar de vez en cuando alguno de los cuerpos —descartando disimuladamente el cerebro— para ofrecerlo a alguna persona, posiblemente muy enferma y muy anciana, que estuviera dispuesta a pagar para que su cerebro fuera implantado en un cuerpo sano y potente. Solo habría que desarrollar la tecnología que impidiera el rechazo del implante, pero con todo lo que ya se había avanzado, posiblemente no sería muy difícil. Por otro lado, su sector se había convertido en la joya de la corona del gobierno, pues había resuelto un tremendo problema de superpoblación en las cárceles y con un éxito mediático sin precedentes.

Tenía el camino libre para hacer su negocio de órganos y cuerpos. Si lo descubrían en su macabro quehacer, también sabría cómo arreglarlo en su momento, ya que estimaba que fácilmente podía convencer a la opinión pública de su transparencia pues en ese momento poco faltaba para que fuera considerado un héroe nacional. En el caso de aquellos que sabían fehacientemente lo que hacía, podría neutralizarlos compartiendo sus ganancias. Total, corrupción hay en todos lados. Y por cinco lucas me compro un diputado, un juez, un fiscal, un par de abogados… Y ya se sabe el resto.

Virus

El zombi se dirigía inexorablemente hacia su víctima, aunque en realidad no iba por voluntad propia, sino que era el viento el que lo llevaba de aquí para allá y no sería por su decisión que alcanzaría a posesionarse en un objetivo, pues en cualquier momento la ráfaga que lo llevaba hacia él podría cambiar de dirección y lo desviaría hacia otro destino, lo cual que significaría su muerte si es que no lograba alcanzar a algún otro ser vivo. Cualquier ser vivo.

Pero él no podía morir, porque no estaba vivo. Por eso es que encajaba perfectamente en la definición de zombi, o sea esos seres de ultratumba que supuestamente han regresado del mundo de los muertos sin haber realmente resucitado, o que de acuerdo a teorías más modernas, individuos que se han creado a partir de seres humanos vivos infectados por algún microbio inter espacial que no se sabe cómo llegó a La Tierra ni tampoco cómo es que puede matar a alguien y que éste se siga moviendo buscando a otros seres humanos para infectarlos y seguir una secuencia de destrucción. Claro, la cosa a la que nos referimos no podía morir en los términos convencionales que conocemos, sino que dejaría de tener la capacidad de atacar a seres vivos para extraerles los fluidos y material necesario para cumplir con sus funciones mundanas, y posiblemente se desensamblaría en sus componentes reduciéndose a grupos de compuestos que servirían de alimentos a otros microorganismos.

No era producto de la magia vudú, no había sido despojado de su alma, ni se le había quitado la vida para ser reanimado de su estado de muerto. No. Su existencia podría considerarse inveterada, desde la creación de la vida o quizá desde antes. Su especial forma parasitaria de existir le había aliviado de muchísimos problemas: no necesitaba buscar alimentos para desarrollarse y llegar al nivel de evolución adecuado para poder proceder a su reproducción. No necesitaba ser grande ni colorido para atraer a especímenes del sexo contrario para poder intercambiar cromosomas y crear un tercer ser (o millones de terceros seres, si es que cabe la expresión), ni tenía que tener ningún atractivo especial, ni ser más rápido, ni más fuerte, ni soltar feromonas, y ni siquiera tener una billetera abultada, un auto del año, ni un trabajo estable, o si lo quieren ver desde el punto de vista opuesto, no tenía que tener medidas corporales de infarto, ni cabello largo y perfumado, ni pestañas de abanico. Tampoco necesitaba maquillarse ni someterse a dietas o lipoescultura para atraer a una pareja.

Pero si uno se pone a pensar, también esta forma de existencia debe ser infinitamente aburrida, sin tener con quien conversar a pesar de estar rodeado de millones de congéneres exactamente iguales a él, sin tener un objetivo en la vida, o mejor dicho en la existencia, para ser coherente con el tipo de ser al que nos estamos refiriendo. No tener que evolucionar, mejorar ni cambiar en ningún aspecto porque al final, lo único que tenía que hacer es la de los piratas: invadir un barco ajeno para tomar sus riquezas y víveres y cuando estos se acabasen, simplemente partir hacia otros lugares para hacer lo mismo, y luego repetir y repetir y repetir esta actividad sucesivamente hasta el infinito.

Si hasta acá no se sabe a quién nos estamos refiriendo, bastará simplemente leer el título del cuento, y se obtendrá la solución a este complicado acertijo descriptivo. Efectivamente, nos referimos al virus, cualquier virus. Uno que esperemos no sea un depredador mortal.

Su técnica de ataque era la misma de siempre, la que había utilizado por millones de años: simplemente dejarse arrastrar por el viento en cuanto abandonaba a su más reciente víctima, y permanecer en flotación aprovechando las corrientes de aire tal como lo hacen los parapentistas en sus vuelos acrobáticos, y luego dejar que esas mismas corrientes lo lleven a hacer la aproximación en cuanto se presentaba un nuevo prospecto de hábitat en las cercanías.

Para facilitar la narración, llamemos al virus con el apelativo de Y. Indistintamente podemos referirnos con esta letra a uno o a millones de estos microorganismos pues el comportamiento de uno y de todos será exactamente el mismo.

Esa noche, Y sentía que se le acababa la vida, ¡perdón!, la existencia. Había estado flotando por varias horas y a pesar de que había estado muy cerca de varios posibles cuerpos anfitriones, no había podido manejar la correntada y se había pasado de largo. Eso era frustrante y de alguna manera lo hizo pensar que los beneficios de la evolución que operaban en los seres realmente vivos no había sido generosa con él, porque si al menos lo hubiera podido dotar de una aleta caudal que le permitiera comandar su desplazamiento en el espacio, tendría la posibilidad de dirigirse más fácilmente hacia un cuerpo vivo que estaría en capacidad de seleccionar, y de este modo evitaría su propia desaparición y la de billones o trillones o cuatrillones de sus congéneres.

Tanto tiempo había transcurrido viajando que ya presagiaba que se acercaba su final, como ya les había ocurrido a muchísimos de otros microorganismos de su clase que habían estado viajando junto a él durante toda la jornada. Otros millones de Y habían tenido suerte y ya estaban cómodamente instalados en generosos cuerpos, pero él todavía no lo había logrado y eso lo llenaba de angustia.

Afortunadamente, se le estaba presentando una nueva oportunidad, posiblemente sería la última, pues había entrado al dormitorio de un humano que estaba entregado a los brazos de Morfeo, en medio de un sueño que aparentemente era una pesadilla porque se le notaba agitado, dando vueltas de un lado para otro, sudoroso y respirando y exhalando aire en forma violenta, sin darse cuenta el muy tonto que con las aspiraciones violentas de aire lo único que estaba consiguiendo era darle a Y la posibilidad de acercarse utilizando sus rudimentarios conocimiento de aerodinámica combinados con la destreza, pericia y arrojo de un deportista de Wingfly.

Así fue que Y utilizó sus últimas fuerzas para acercarse a la nariz del tipo, y aprovechando una inhalación profunda, introducirse rápidamente hasta el fondo de la misma, prácticamente hasta donde estaban los cornetes y llegar hasta una mucosa blanda y húmeda, y tibia además, lo que configuraba un ambiente realmente muy agradable y que de algún modo era una compensación por las penurias que había tenido que pasar hasta llegar a este destino de ensueño.

Pero no había tiempo que perder, su ciclo estaba por terminar, y no era cosa de haber llegado hasta allí para luego no cumplir con su función de reinventarse utilizando el material genético que llevaba en su interior, y que era lo único que le daba cierto parentesco con las células que si eran organismos vivos.

En primer lugar, tenía que buscar algunas células saludables y desprevenidas a quienes atacar para poder lograr su objetivo. Como sabemos, Y no tiene incorporado en sí mismo la función de reproducirse y justamente es por eso que no es considerado como un ser vivo, el cual tiene como característica distintiva que nace, crece, se reproduce y luego muere. Ahora, sería bueno aclarar este último concepto, porque en realidad se debe entender que Y no está dotado de órgano de reproducción, es decir, no es que lo tenga y no lo use, porque podría generarse cierta confusión con los humanos que por alguna convicción han decidido conservarse célibes o han hecho voto de castidad, pero que de ninguna manera se les puede considerar que son alguna especie de virus.

Como Y por sí mismo no podía reproducirse, sino que como todo virus que se respetara, tenía que asaltar e introducirse en una célula adecuada, para luego apoderarse y utilizar los aparatos reproductores ajenos, inició la fase de exploración para encontrar la célula que considerara la que más se adecuaría a las características de su propio ADN.

Empezó a desplazarse sigilosamente, observando cuidadosamente todo a su paso. Afortunadamente, el tamaño de Y, muchísimo más pequeño que las células normales, lo hacía pasar casi desapercibido, y aquellas que se daban cuenta de su presencia, daban la impresión de que lo menospreciaban y ni lo tomaban en cuenta. Si humanizamos la escena, seguramente hasta habría cierta burla y sarcasmo en su reacción al percatarse de su presencia:

"Oe, ¿y ese enano?"
"Pasa nomás, tachuela, ¡o te piso!"

Pero Y ni siquiera se daría la molestia de contestar. Tenía un objetivo que cumplir en el plazo más breve por impostergables razones de subsistencia, y por eso continuaba avanzando a través del fluido en búsqueda de las células que su instinto le indicara que eran las ideales. Pero en el camino no faltaban los espías y acusetes, que aunque lo veían con aspecto inofensivo por su tamaño ínfimo, no dejaban de dar aviso las organizaciones de seguridad anti invasores que tiene todo cuerpo humano, o sea el sistema inmunológico. De esta forma, llegó la información hasta la patrulla de glóbulos blancos, a los que se les proporcionó con lujo de detalles el tipo de intruso que se había detectado.

El tamaño de Y, entre otras señas, daba un indicio de lo que era, pues los leucocitos tenían muchísima información al respecto, pero la forma, colores y otras características, un poco que confundían, porque esta vez se trataba de una partícula que no había sido registrada antes y por lo tanto no figuraba en la base de datos de enemigos que causaban patologías. Es que el problema se originaba porque los virus, a pesar de ser sustancialmente los mismos, van mutando con el tiempo, debido a alguna información genética que se les puede ir quedando cuando se reproducen dentro de una célula que les ha servido de anfitriona y que toman de ella. Entonces, el sistema inmunológico, por más que revisaba y revisaba su banco de datos, no podía encontrar exactamente a Y. Había algunos que se le parecían, pero no había una coincidencia total. Tan era así, que alguno de los guardianes blancos, habría dicho muy desaprensivamente:

"¡Ni se preocupen! Seguramente el enano se muere en al camino o va a servir de alimento de alguna célula o bacteria que se le cruce en el camino."

En todas partes hay irresponsables que con tal de no moverse se vuelven negligentes en el cumplimiento de su deber y prefieren quedarse sentados en sus escritorios engordando hasta que aparece el verdadero problema y ya no tiene solución.

Pero afortunadamente, como reza el dicho, "más sabe el diablo por viejo que por diablo", y una célula blanca más experimentada y con algunos combates a cuestas, se dio cuenta del peligro real o al menos de la contingencia de destrucción que podría representar Y al compararla con otros virus que se habían introducido en el cuerpo en ocasiones anteriores. Ya lo había vivido antes, alguna vez cuando se fueron enfrentar a un organismo que aparentemente no era enemigo, resultó que tuvieron que pelear la madre de todas las batallas para salvar a todo el humano. Observó que, sin ser exactamente igual a los antiguos enemigos, tenía algunas características semejantes, y solo este hecho la motivó a tomar medidas radicales por precaución y para evitar un posible desastre bélico.

"¡No debemos menospreciar! ¡Hay un peligro latente! ¡Hay que solicitar que los informantes nos digan en forma precisa donde se encuentra el intruso, y enviaremos una patrulla reforzada lista para combatir! ¡Personalmente encabezaré la patrulla!"

Y en milésimas de segundo quedó dispuesto todo un contingente de células blancas combatientes, que se embarcaron a través del torrente sanguíneo para dirigirse hacia las coordenadas donde habían sido vistos los invasores Y.

Mientras tanto, Y seguía en una paciente búsqueda de una célula anfitriona. Como estaba en un medio amigable, no tenía apuro. Iba avanzando como quien está haciendo turismo observando con muchísima atención para ubicar a la más adecuada. El mismo era un organismo tan elemental y producto de un último proceso de génesis, y por eso no tenía ninguna memoria sobre los peligros a los que estaba expuesto por la activación del sistema inmunológico del cuerpo a donde se había introducido. Y avanzaba con toda calma, como quien se va a un centro comercial a mirar tiendas, dirigiendo la mirada distraídamente hacia el producto que hay en las vitrinas, pero sin la mínima intención de comprar, hasta ver algo que realmente llamara su atención. ¡Había tantas células de dónde escoger!, que Y estaba deambulando con la mirada de un chiquillo al que le han regalado bolsas de caramelos de muchos sabores, chocolates, queques, y dulces a por doquier y no sabe por dónde comenzar.

Los glóbulos blancos viajaban a toda velocidad, armados hasta los dientes, pero coordinando estrechamente con la central para verificar cualquier cambio en la ubicación de los posibles enemigos. Sabían que si se producía una confrontación habría bajas de ambos bandos, pero para eso estaban ellas, ese era su deber y sabían que tendrían que ofrendar sus vidas si fuera necesario. No habían conseguido convencer de que se enviara a todo el ejército porque no había una prueba fehaciente del peligro que ellos sospechaban, así que por el momento estaban solos, dependía de ellos la defensa del cuerpo humano. Esta escena haría recordar a la película de Leónidas y los 300.

Hasta que por fin Y encontró una célula que le pareció lo más próximo a lo que necesitaba. Era grande, se le veía saludable y muy activa. Incluso, acababa de realizar una mitosis y ahora podía ver a dos células hermanas gemelas idénticas que le permitirían cumplir su cometido a él y a otro Y que estuviera cercano. Observó atentamente para tomar una decisión e iniciar la maniobra de acercamiento y ataque, de acuerdo con el procedimiento que tenía grabado en el ADN.

Los combatientes se acercaban vertiginosamente, ya estaban en la ubicación correcta según la última información que habían recibido, y entonces procedieron a desembarcar. La célula blanca líder organizó a la patrulla en la posición de combate, les dio una charla sobre cómo identificar a los invasores, los cuidados que debían tener y la forma en la que deberían atacar. Unas últimas arengas para mantener el ánimo al tope y luego se puso al frente de todas para dirigirse al trote hacia el lugar de la batalla.

Pero ya Y se había acercado a una de las células de la mucosa pituitaria que se encontraba totalmente descuidada y muy orgullosa de la subdivisión que acababa de realizar, cumpliendo la función de reproducción inherente a las responsabilidades que tenía para mantener joven y operativo el tejido al cual pertenecía. Se le veía feliz y radiante como una gallina que acabara de poner un huevo, pero con una actitud desprevenida y simplona.

Lanzando sus gritos de combate llegaron los leucocitos dispuestos a dar la vida en defensa del organismo. Faltaba, de acuerdo con la información que tenían, poquísimo para dar el encuentro al enemigo. La pituitaria estaba a la vuelta de la esquina. Llegaron listos y con toda la agresividad, pero no encontraron nada. Por milésimas de segundo no pudieron atrapar a Y que justo en ese instante y ante en descuido de la célula, había encontrado la forma de penetrar a través de la membrana celular y ya se movía ágilmente por el citoplasma, e instintivamente se dirigía hacia el núcleo para tomar posesión del nucléolo, destruirlo y asumir el control de todo el organismo celular.

Los guerreros habían quedado desairados. Todo estaba aparentemente normal en los alrededores. Las células de la mucosa y de otros tejidos no mostraban nada que pudiera originar sospecha alguna. El leucocito líder se sintió frustrado. Sabía que sería blanco de las burlas de las células de la central de defensa que no respetarían ni siquiera sus antecedentes como gran combatiente y héroe de anteriores batallas. Buscó a algunas células espías, que habían originado esta aparente falsa información para increparles por lo que les habían transmitido y el error a los que los habían inducido. Y aunque ellas aseguraban que en realidad había detectado a los invasores, no tenían forma de demostrarlo, y tampoco podían explicar cómo es que habían desaparecido sin dejar rastro.

No había nada que hacer. Aparentemente había sido una falsa alarma y los leucocitos, siguiendo a su líder, volvieron a embarcarse para regresar a su base. Le tenían mucho respeto a su jefe, pero no podían evitar sentirse incómodos con lo que había pasado. Para algunos era la primera experiencia que iban a tener en combate, y no dejó de ser frustrante lo que les había ocurrido. Otros, al repasar lo que les había sucedido, no podían dejar de verle el lado cómico, y sonreían y hasta bromeaban entre ellos, pero sin hacer mucho escándalo, no fuera a ser que el jefe se diera cuenta y les diera una raspa por no tomar con la debida compostura la situación. Otros, trataban de buscar a los responsables:

"¡Ta que esos informantes están hasta las webas!"
"¡Si pues, son unos weones!"

Lo cierto es que la infección ya se había producido, y nadie se había dado cuenta.

Las células de la mucosa que habían sido infiltradas por Y, se empezaban a comportar de una manera extraña. Estaban rígidas y casi inmóviles, pero no habían detenido su proceso de duplicación para regenerar el tejido y reemplazar a las células que iban muriendo, sin embargo, de lo que inicialmente nadie se percató fue que la mitosis produciría otro tipo de organismos diferentes. Estaban incubándose millones de zombis. Los efectos se iban sintiendo en el cuerpo del humano porque prácticamente toda la mucosa había sido capturada por los Y. Había síntomas de sequedad en la garganta, escalofríos y llegó un momento en que hasta se producía ardor en la zona. Como el cuerpo es un sistema integral, se produjo primero algo imperceptible que luego se tornó en fuerte dolor de cabeza y un poco de calentura. La temperatura del cuerpo estaba por encima de lo normal y eso no era lo habitual. Indudablemente eso era síntoma que algo no andaba bien.

Las células afectadas estaban inmóviles, parecían muertas porque no respondían como antes lo hacían a estímulos externos. Si hacía frío o calor, no segregaban las sustancias que permitían proteger los órganos correspondientes. Lo que sucedía es que Y había tomado el control, y lógicamente no le interesaba lo que sucediera con el cuerpo del humano porque su objetivo era muy personal y egoísta, que era multiplicarse para sobrevivir. Empezó a destruir los órganos internos de la célula que obstaculizaban la realización de sus planes de neutralizar el ADN ajeno y reemplazarlo por el propio, y de controlar el sistema de reproducción, pero modificándolo para hacer una generación en serie de sus descendientes. Nada de dividirse y subdividirse, lo cual demandaría demasiado tiempo. Lo que tenía que hacer era una multiplicación en serie, y para eso tenía el comando de la célula.

Así comenzó con el procedimiento por el cual la célula comenzó a llenarse de miles y miles de Y, que iban creciendo y alimentándose de ella, que comenzaba a hincharse como un globo, y daba un aspecto de enferma realmente aterradora. Esta vez no sólo las células espías sino todas las otras sanas que estaban en los alrededores empezaron a sonar las alarmas. Había algo anormal que estaba afectando el funcionamiento de la mucosa y se veía que las células que hasta hacía algunos segundos antes eran totalmente normales, ahora se estaban deformando. Inicialmente, por la sorpresa con la que habían atacado, y como aún los efectos no eran masivos, muy rápidamente se reproducían y salían nuevos Y para atacar a otras células en una espiral exponencial que permitía que rápidamente se fuera afectando más y más zonas del aparato respiratorio, hasta que llegaron a ocupar un área tan grande que los estragos eran excesivamente notorios.

Nuevamente los leucocitos se embarcaron listos para el combate, pero en esta oportunidad también vinieron células de seguridad con un protocolo de aislamiento de las células infectadas. Ya era público y notorio lo que estaba ocurriendo. Se repetía la escena que ocurrió en años anteriores, generalmente durante la época de pase del verano al otoño, en que células eran invadidas por virus diferentes. Ya era harto conocida la situación de las células que perdían movilidad y empezaban a hincharse porque se rellenaban de los zombis enemigos. Y contra ello lo único que quedaba era aislarlos y esperar que la célula reviente para que salgan los Y para solo entonces tener la posibilidad de empezar a pelear.

La orden fue que las células de seguridad empezaran a soltar mucus, o moco, para rodear a las células enfermas. La sustancia era más viscosa que mucus que usualmente había en la zona porque se trataba de una sustancia aislante. Las células blancas estaban al acecho, observaban muy atentas la situación de las células enfermas que en cualquier momento iban a explotar. Y se produjo la primera explosión, que expulsó a miles de Y que pugnaban por dispersarse, pero los leucocitos entraron al combate, y aunque su función inherente a su naturaleza y también su tamaño mucho mayor les daba alguna ventaja en la pelea cuerpo a cuerpo, no era suficiente para impedir que las Y también atacaran con fiereza por el instinto de supervivencia. Además, otras células enfermas empezaron a explotar y a liberar a Y que ahora tenía una ventaja numérica más que apreciable.

El cuerpo humano había empezado a segregar un moquito muy líquido y transparente, que era el sobrante de lo segregado por las células defensoras para rodear y aislar a las que estaban posesas. La persona afectada se sentía fastidiada porque el líquido le salía de la nariz a todo momento, y de tanto pasar el papel higiénico para secarse, ya se había irritado la piel cercana a las fosas nasales. Era todo un fastidio.

Internamente seguía la pelea a muerte. Los leucocitos, eran superados en número, pero aun así causaban tremendos estragos entre los Y porque peleaban con convicción y mentalizados en una imprescindible victoria, y la vista de los cadáveres de los Y que quedaban desperdigados por el campo de batalla les provocaban más ímpetu para el ataque. Pero por la superioridad numérica y el deseo de sobrevivir que los llevaba a luchar con inusitados bríos, los Y también causaban bajas entre los glóbulos blancos. Los muertos de ambos bandos eran rodeados por el mucus transparente, pero la combinación de éste con los cadáveres tomaba una coloración entre gris y verdosa.

Mientras tanto, el humano, en forma inconsciente trataba de eliminar a los invasores estornudando estentóreamente y arrojando por el aíre el líquido en forma de gotitas que podían llegar a ser hasta de tamaño microscópico, las cuales contenían todo tipo de células, y además a los nuevos Y que de esta forma se libraban de los ataques de los leucocitos, mientras viajaban dentro de las micro gotitas nuevamente impulsadas por el viento, y lograban alejarse lo suficiente para encontrar una corriente de aire favorable que los liberara y poder así iniciar un nuevo ciclo de búsqueda de células anfitrionas dentro de otros seres vivos y así repetir la operación para mantener su existencia.

La combinación de la fiereza con la que atacaban los leucocitos y el efecto envolvente del mucus, iba logrando su cometido. Aun cuando la infección se había extendido hasta la faringe, aparentemente la situación estaba siendo controlada. Al menos ya no se estaban reportando nuevas áreas donde se hubiera detectado la presencia de Y. Se le había logrado confinar evitando que llegue a los pulmones donde si podía tener un efecto complicado si es que hubiera sido necesario atacarlo dentro de los bronquios, porque se les habría tenido que bloquear con el mucus, y ahí sí habría problemas de respiración para el humano, puesto que incluso se podría generar un medio muy adecuado para el desarrollo de bacterias que normalmente se encuentran controladas, y la cosa se pondría realmente muy fea pues estas últimas cuando se instalan en lugares vulnerables y se multiplican vigorosamente si son realmente peligrosas y hasta mortales.

Pero afortunadamente no fue así, y lo único que había que hacer, logrado ya el confinamiento de Y, era atacarlo y atacarlo y para eso los leucocitos eran muy disciplinados y valerosos. La victoria final se acercaba, lo que se podía notar en que cada vez más moco verdoso iba reemplazando al transparente, lo que significaba más células y virus muertos y enterrados.

Al humano le cambió la voz, mejor dicho, casi no podía hablar. La sustancia verde, a pesar de que se encontraba en una zona muy húmeda, tenía una viscosidad muy alta y se adhería a las paredes de la laringe. Lógicamente su consistencia era así, porque debía tener la viscosidad suficiente para no dejar escapar a los invasores. Pero el efecto colateral era ese: se pegaba a las paredes de los conductos respiratorios y no podía ser expulsada con facilidad. La zona de las cuerdas vocales también estaba recubierta y eso era lo que impedía que la voz humana fuera emitida con normalidad. De vez en cuando el humano tenía un acceso de tos que hacía que la flema se acumulara en la parte superior de la garganta. Era en esos momentos que con una carraspeada potente y un violento escupitajo, se iba limpiando el conducto respiratorio.

La situación, que innegablemente tiene una connotación asquerosa, por otro lado, era el símbolo de que el sistema de protección del cuerpo humano había ganado la batalla y logrado liberarlo de los invasores, y eso se notaba porque conforme pasaban los días, los conductos se iban limpiando y todo regresaba a la normalidad.

Efectivamente, se había ganado la batalla, pero no la guerra. Porque Y había logrado el objetivo de reproducirse y estaba nuevamente de viaje recorriendo el mundo. Sin embargo, ya no era el Y de antes, porque a pesar de haber destruido el ADN de la célula anfitriona para poder realizar su reproducción, algo de ella se le había incorporado, y por lo tanto ya no era exactamente el mismo Y de antes. Había sufrido una ligera mutación casi imperceptible, pero que en buena cuenta es lo que lo ayudaba a mantenerse existente, ya que durante la batalla que recientemente había terminado, los cadáveres de Y habían sido profusamente analizados y estudiados por las células científicas que habían llegado cuando ya la violencia había terminado, y todas sus características habían sido anotadas y registradas para el caso que alguna entidad idéntica tratara de infiltrarse. Simplemente sería reconocida, y al conocerse sus puntos débiles, sería inmediatamente destruida. Y eso es lo que ocurre cuando algún Y idéntico al que cumplió su misión dentro de un cuerpo humano, tiene la mala fortuna de encontrarse con el mismo cuerpo y trata de asaltarlo: no tiene ni la menor oportunidad de tener éxito y su tiempo de existencia se acorta, despareciendo del mapa en un período muy breve.

La clave de éxito del zombi es llegar primero al organismo vivo luego de haber sufrido la mutación, y realizar su rutina antes que otros Y idénticos se acerquen. Entonces tendrá la oportunidad de sorprender al sistema inmunológico del cuerpo invadido y podrá reproducirse y multiplicarse tal como lo ha hecho desde siempre.

Para eso tiene muchísimas oportunidades de atacar, reproducirse y mutar. El virus puede alojarse no sólo en cualquier tipo de ser vivo, mamífero, ave, reptil o incluso en seres del reino vegetal, y de la misma forma reproducirse conformando un Y mutado, que podría volver a atacar a algún humano en el que había residido anteriormente, pero con los cambios en su estructura que incluso podían hacerlo más resistente y violento que su versión anterior.

Es por eso que siempre hay que estar atentos, los zombis atacan, y como están muertos no tienen miedo a morir.

¡Cuídense! Hoy pueden ser inofensivos, pero mañana tal vez su ataque sea mortal.

El nombre importa

Corina ya estaba en trabajo de parto y la familia esperaba con ansiedad en la salita contigua, acompañando al futuro nuevo padre de familia. La madre-abuela contando a todos cómo había sido su experiencia con los partos de sus cuatro hijos, el padre escuchando con cortesía, pero con poquísimo interés el relato, porque le impedía estar cerca de la puerta del quirófano para vigilar la salida de cualquier persona y preguntar cómo iba el avance.

Hasta que por fin salió, por unos segundos, el doctor con el bebé en brazos para que los parientes pudieran ver a la criatura, porque nuevamente entró a la sala de partos. Nació varón. Era una cortesía del médico para los familiares que habían trasnochado en apoyo a la futura y ahora ya madre.

Según lo previsto por sus padres, se llamaría Fidencio, como el abuelo paterno.

La antroponimia u onomástica antropológica es la rama de la onomástica que estudia el origen y significado de los nombres propios de persona, incluyendo los apellidos.

Viril, dotado de cierto magnetismo, Fidencio emana una impresión de fuerza. Es valiente y combativo, aunque desconfiado (tomado de Significado-nombres.com). Cuando estaba en la etapa de bebé no importaba. Hasta los tres, cuatro, cinco años, tampoco importaba porque la criatura solo estaba en el entorno del hogar. Si su mami lo llamaba Fi o Fidi no pasaba nada; y si la abuelita lo llamaba Finito, tampoco. El niño obedecía al llamado de su progenitora con mucha alegría. Él vivía en su mundo rodeado de los que lo querían.

El problema fue cuando empezó el colegio, pues los niños, así como siempre dicen la verdad, también son crueles y no perdonan. Y como en su salón habían jorges, fernandos, robertos, luises, carlos y ernestos, entonces el nombre de Fidencio era una novedad: «Fi ¿qué?, fideo», «¿ese es tu nombre o tu chapa?». Estas primeras burlas eran solo el inicio de lo que tendría que padecer durante buena parte de su existencia.

Cuando el profesor pasaba lista, y se iba acercando a su nombre, Fidencio comenzaba a sudar frío y a irse escondiendo deslizándose hacia abajo en su carpeta. Hasta que llegaba el momento en que éste era pronunciado por el propio maestro con un tonito gracioso con el objetivo de generar risotadas. Sus compañeros de aula estaban a la espera de la ocasión, repasando mentalmente la lista, hasta que se pronunciaba el patronímico que producía una explosión de risas y burlas. Increíblemente, esta situación se repetía una y otra vez, como si se tratara de un chiste que nunca pasaba de moda.

Fidencio se volvió introvertido y se refugió en los estudios. Lamentablemente, en su salón no había o casi no había otros marginados, así que ni siquiera pudo formar un grupo de *nerds*.

Por ello, conforme pasaron los años, su cuerpo se fue adaptando a su nombre y a su personalidad: alto por herencia genética, flaco y desgarbado, apariencia descuidada por razones de antroponimia; como persona, inmersa exclusivamente en temas académicos y en busca de cada vez más conocimiento; también se convirtió en una persona poco prolija en su forma de mostrarse a la sociedad, para decirlo eufemísticamente.

Cuando terminó el colegio se fue a estudiar Física en la universidad local, donde las cosas comenzaron, solo comenzaron, a cambiar. Y es que, a esa universidad, por ser gratuita, acudían alumnos de todas las provincias, cuyos nombres opacaban al de Fidencio: Midoglio, Magdaleno, Fructífero, Recúpero, Anémono y otros de difícil pronunciación, ante los cuales él se sentía mimetizado o percibía una especie de superioridad de tener un nombre más cristiano. O sea, se convertía en el cazador después de haber sido tantos años la presa. Por ese motivo, cuando el profesor llamaba a los alumnos para exposiciones, para entregar exámenes o cuando se publicaba la relación de estudiantes con sus respectivas calificaciones, ya no había esa aprehensión de ser el lunar y foco de atención.

Sin embargo, no todo podía ser felicidad, porque existían los otros nombres agradables acústicamente y hasta simpáticos. De este modo, vivía en la ambivalencia de que su nombre pasara desapercibido por momentos o quedara absolutamente expuesto para el escarnio.

El resultado fue una relativa mejoría en sus relaciones humanas. Si bien no se convirtió en un relacionista público, sí pudo moverse en la escala introvertido-extrovertido al menos unos cuantos puntitos, y hasta tenía amigas y se iba a reuniones. Pero ya tenía marcado el hábito de estudio y seguía ese rumbo hacia obtener el ansiado título, el cual consiguió sin problemas y entre los primeros puestos de la promoción.

Luego se fue a hacer un curso de especialización en Astronomía en una universidad del extranjero, en la que se reunió con varios de sus semejantes, pero de otros países, quienes habían seguido el mismo rumbo que él y que probablemente tenían el mismo problema de nombre dentro de su propia comunidad, aunque entre tanto extranjero ya no se notaba absolutamente nada en cuanto a la originalidad de su nombre; de modo que, a partir de esa fecha, Fidencio ya no tenía ninguna preocupación. Solo debería evitar regresar a su país y el resto era quedarse dentro de su comunidad científica. Hasta se llegó a casar con una laboratorista francesa.

* * *

Corina estaba en trabajo de parto. Por fin salió el doctor con el bebé en brazos que, según lo previsto, se llamaría Edson.

Edson es un nombre que corresponde a un muchacho viril, dinámico y emprendedor. Posee un verdadero encanto y lo sabe. Materialista e interesado, sabe aprovechar las oportunidades que se le presentan. A menudo, es un excelente financista al que le gusta el mundo de los negocios (tomado de Significadonombres.com). En realidad, en nuestro medio, es un nombre asociado al deporte, especialmente al fútbol. Es por ello que el padre y los tíos, apenas pudo pararse en sus dos piernas, e incluso antes, le compraban pelotas para que juegue y aprenda los secretos del deporte rey aun cuando todavía tenía el biberón en la boca. A cada patadita que daba lanzaban frases que confirmaban que le estaban viendo las mejores condiciones para ser un futbolista de talla mundial. Lo llevaban al parque para que haga goles y lo animaban como la esperanza de la familia para salir de misios cuando se fuera a jugar fútbol a España, Inglaterra o Alemania.

Con tanta práctica en su época preescolar, cuando ingreso al colegio era realmente la sensación de su salón. A sus cortísimos años hacía figuritas y piruetas con la pelota que dejaba asombrados a sus compañeros y hasta al profesor de Educación Física. Cuando había partido, sus compañeros le rogaban para que esté en su equipo, porque con él el triunfo era asegurado. Incluso las chicas, desde muy chicas, lo perseguían y le hacían crecer el ego tanto pero tanto que no necesitaba sacar buenas notas en los cursos para levantar su autoestima.

Cada nuevo año escolar era casi un calco del anterior, porque las aptitudes físicas y la competitividad de Edson aumentaban y se iba convirtiendo no solo en el paladín deportivo de la institución, sino en un atleta perfecto con un estado competitivo relevante. La parte de su desempeño que si era idéntica, y se repetía de período a período escolar, era la del rendimiento académico: pasaba con las justas y con ayuda de los hinchas y las admiradoras que le ayudaban con los trabajos, y a veces también con la colaboración de los profesores y el director del colegio en consideración a los triunfos y laureles deportivos que conseguía en cada evento que se presentaba.

Cuando llegó a cuarto y quinto de secundaria, porque Dios es grande y por la ayudita recibida, podía preverse que mientras los otros chicos y muchachas estaban pensando en continuar sus estudios enfocándose a ser doctores, economistas, enfermeras, músicos, arquitectos, cocineros, él ya se estaba probando en varios clubes de fútbol para ver, según él, cuál de ellos tenía la suerte de contar con sus servicios.

Finalmente, fue llevado al Defensor Ciudad, unos de los principales del medio y pasó inmediatamente al equipo de la reserva ante la atenta mirada del entrenador del equipo principal, porque había llegado con muy buenas referencias y recomendaciones de los busca talentos del club. Pocos meses después, ya alternaba en algunos partidos y algunos minutos en el equipo titular en el campeonato local. Y se notaba la diferencia. Era realmente un muy buen prospecto. Su velocidad y atrevimiento para hacer las jugadas eran el delirio del público, y su estado físico era impresionante: corría, corría y seguía corriendo sin dar muestras de cansancio.

Un par de años después ya era el titular del equipo, a pesar de su juventud, y había rumores que anunciaban que pronto sería transferido a un club europeo de los muchos que estaban interesados en él.

Aunque, como era de esperarse, ya había conseguido como pareja a una *vedette* de moda en una de sus tantas noches de diversión en las discotecas bravas de la zona. Cuando esto se hizo público no tardó en aparecer otra chica que decía ser la madre del hijo de Edson, lo que él, como caballero, seguramente afrontaría. Un poco dudoso, pero finalmente reconoció la paternidad, aunque haciendo la salvedad que pagaría el análisis de ADN para estar seguro.

A partir de ese día, no solo aparecía en los diarios en las páginas deportivas, sino en las de la farándula: que si Edson por aquí, que si Edson por allá, que sacó la vuelta por aquí, que pidió perdón por allá, que aparecía una novia por aquí, que se le vio saliendo de un hostal por allá, que si fue a entrenar, que si se le vio borracho: su vida y milagros se habían hecho de interés público. Evidentemente, su rendimiento deportivo comenzó a declinar. Incluso, la tan mentada transferencia al club europeo empezó a demorarse tanto que se especulaba que se había enfriado el interés por él. Y aunque Edson trataba de volver a jugar al nivel que todos querían, no podía. Se sentía físicamente fuerte para seguir rindiendo en lo deportivo y manteniendo su vida privada lo más divertida posible, ambas cosas a la vez. Total, para eso ganaba buena plata. En buena cuenta, el rendimiento, si bien no era el mismo, era suficientemente bueno para el campeonato local, donde a pesar de su intermitencia era casi siempre titular del equipo.

Cuando no era titular del equipo, se convertía en titular de los periódicos, porque solía hacer una serie de berrinches y alharacas que ya tenían cansado al entrenador, quien tenía que soportarlo a pedido de los dirigentes, quienes le decían que era imprescindible mantenerlo jugando porque estaban por cerrar su transferencia a un equipo extranjero por un monto importante que le traería bienestar al club. Y con ese argumento lograban que lo siguieran considerando.

Hasta que salió la venta, no a un equipo de Europa, sino a otro país de la región, más o menos del mismo nivel futbolísticamente hablando, pero con la excusa de que era el trampolín para llegar a otras ligas más avanzadas. Ojalá, decían todos, que se olvide de las juergas y la vida desarreglada, y que estando en el extranjero pueda volver a dedicarse a lo que era su vida: el deporte. Sin embargo, reza el dicho de «gallina que come huevos, aunque le quemen el pico».

Y como el aún se consideraba a sí mismo un jugador fuera de serie, que podía llegar al nivel que quisiera cuando quisiera, se consiguió otra parejita en ese país para poder gastar su plata. Y como la noticia llegó rápidamente, su noviecita de acá se fue para allá. Nuevamente se convirtió en titular de diarios, pero para los dos países; o sea, también en este aspecto atravesó fronteras.

En base a los videos de cuando jugaba a su total potencial, pudo ser colocado a prueba en un club europeo, pero a los seis meses regresó a su país, donde lo esperaban los periodistas deportivos y faranduleros para entrevistarlo.

¡Qué pena! Quizá para ser un buen deportista no se debe tener un nombre tan deportivo.

* * *

Corina estaba en trabajo de parto. Por fin salió el doctor con el bebé en brazos que, según lo previsto, se llamaría Bartolo.

Es un apasionado, que da la impresión de potencia, fuerza, autoridad. Hombre de poder, Bartolo está hecho para dirigir, mandar, orquestar. Más concreto y práctico que verdaderamente intelectual. Se muestra emprendedor, activo, dinámico y combate por las causas o principios que le interesan (tomado de Significado-nombres.com).

No, no era Bartolomeo ni Bartolomé. Era Bartolo. El nombre no era gracioso, no. Era alegre, que es muy diferente. Como canción de cuna su mami le cantaba: «Bartolomeo, Bartolomeo, Bartolomeo, Bartolo», lo que hacía reír a la criatura. Como todos los que la escuchaban cantar también se reían; entonces, eso le inducía más risa a Bartolo y lo empezaba a convertir en un niño alegre y reilón.

Esta alegría que le habían ido inculcando a su tierna edad sería devuelta a todo su entorno cuando se convirtió en un niño de edad escolar. Cuando ingresó al colegio no tardó en convertirse en el chocherita del salón. Todos eran sus amigos, a todos hacía sentir bien por su contagiante alegría. En los siguientes años fue elegido y reelegido como delegado del salón, porque su innata simpatía le permitía conversar amigablemente con los profesores y obtener la aprobación de la mayoría de las solicitudes: postergación de exámenes y entrega de trabajos, asignaciones para subir puntos a los exámenes, permisos para que el grupo de teatro o la banda de músicos pueda ensayar.

Tanta era su popularidad que, por primera vez y en muchos años, el colegio logró tender puentes entre los alumnos de años superiores e inferiores y prácticamente había eliminado las confrontaciones, peleas, disputas, celos, antipatías (aunque no lo crean, también entre las chicas); es decir, se vivía un ambiente confortable y amistoso atribuido a la energía positiva que emanaba de él.

No era un excelente alumno, pero tampoco era malo. Estaba, por decirlo así, a media tabla. Además, su carisma le permitía recibir ayuditas no solicitadas de sus profesores, quienes si bien no se podría afirmar que se morían de ganas de estar como maestros en el salón de clases de Bartolo, sí era cierto que cuando les tocaba serlo, el ánimo les cambiaba. Lo que se conoce como *charm* era el ingrediente mágico que convertía la adustez, y en otros casos el mal humor, en sentimiento de bienestar.

Como no podía ser de otra manera, ingresó a la universidad para seguir la carrera de Comunicaciones. Si bien tenía mucho que aprender en cuanto a la teoría, en lo que respecta a la práctica no había realmente casi nada que agregarle: era un comunicador nato.

Cuando terminó sus estudios, y aunque quedó esta vez también dentro de los alumnos promedio, de esos que los buscadores de talento no eligen salvo que no tengan otra opción, no le fue difícil conseguir trabajo en una empresa como relacionista público. En este ambiente le era fácil desenvolverse, estaba en su hábitat como pez en el agua, pues ni bien le presentaban una persona, se hacía amigo de ella. O quizás al revés, la persona quedaba magnetizada por su personalidad. Y por eso contaba con una agenda casi infinita de contactos y otra agenda de compromisos sociales a los que era requerido para asistir.

Era tan grande la cantidad de conocidos y amigos que fue acumulando durante los varios años que trabajo en la empresa, que otras instituciones cada vez más grandes requerían sus servicios para generar los enlaces personales que les permitieran desarrollar negocios. Era la joya de su empresa, pero su accionar tan destacado y reconocido lo llevó a tomar la decisión de retirarse del trabajo dependiente para poner su propia oficina de *lobbys*. ¿Es usted fabricante del producto X y necesita conversar con la persona decisora de la empresa Y que es un potencial cliente? Acuda donde Bartolo y seguramente él lo conoce y generará el contacto. ¿Necesita entregarle un proyecto al inaccesible ministro de Economía que tiene fama de no tener amigos? Fácil, vaya donde Bartolo y seguramente ese mismo día estarán charlando con el funcionario en un ambiente alegre y distendido. ¿Necesita hablar con el juez penal para explicarle algunas cosas y el secretario del juzgado no le da el pase? Bartolo es la solución.

Bartolo es un buen nombre. Voy a anotarlo para mi próximo hijo.

* * *

Corina estaba en trabajo de parto. Por fin salió el doctor con el bebé en brazos que, según lo previsto, se llamaría Erasmo.

Reserva, circunspección y distancia emanan de la personalidad de este nombre algo secreto. Erasmo se encierra en un caparazón que protege su hipersensibilidad, así como también su emotividad, y le da cierta apariencia calma y flemática que disimula una gran nerviosidad interior (tomado de Significado-nombres.com).

El nombre que le habían puesto no generaba acercamiento, ni alejamiento. Era neutral, soso, intrascendente. Tenía el cariño que le dan los padres a los hijos, pero nada más. Cuando venían los abuelos o los tíos no despertaba mayores expectativas por verlo ni por jugar con él. En este caso, si era aplicable lo que se menciona en el párrafo anterior sobre el significado del nombre: no provocaba acercamiento, ni distancia ni aislamiento.

Lo mismo ocurrió cuando ingresó al colegio: no llamó la atención de nadie. Ni para fastidiarlo ni para buscar su amistad. Simplemente era como si no existiera. Y si compartía juegos con los otros niños era porque los profesores hacían obligatoria la participación de todos los chicos, pero más allá de eso no se producía integración a ningún grupo.

No destacaba en deportes, no era llamado para integrar el grupo de teatro, ni de danzas, ni de músicos. Menos aún a los equipos de atletismo, sino que permanecía solitario, invisible, y, lo peor de todo, eso le gustaba y lo había hecho una forma de vida. Como alumno era bueno. Siempre se mantenía dentro del tercio superior, pero sin lograr ningún éxito descollante ni figurar en ninguna lista de destacados.

No hay mucho que contar sobre su permanencia en el colegio, pero si vale la pena aclarar que tampoco se la pasó totalmente aislado del mundo y sus compañeros. Claro que estaba relacionado con ellos, claro que jugaba, claro que hacía deportes y podía participar en talleres extracurriculares, pero no era la persona que todos quisieran que esté en su grupo. Había, sí, algunos compañeros con algunas características similares a las de él y con ellos sí logró forjar lazos más estables. Aunque de estos existían poquísimos y se podían contar con los dedos de una mano, y hasta sobraban dedos.

Sus estudios superiores se adecuaron perfectamente a su personalidad: siguió la carrera de Contabilidad, lo que le permitió desarrollar su profesión en una oficina de una empresa grande, metido entre papeles y documentos, pasando prácticamente desapercibido hasta que se jubiló. No se encontró nada destacable ni fuera de lo común en su biografía.

* * *

Corina estaba en trabajo de parto. Por fin salió el doctor con el bebé en brazos que, según lo previsto, se llamaría Amancio.

Personalidad fuerte, profundamente humana y altruista. Amancio posee una gran sensibilidad acompañada de una notable intuición. Estas altas vibraciones los llevan a querer promover un mundo mejor y a ocuparse de los más desfavorecidos (tomado de Significado-nombres.com).

Y esa sensibilidad fuera de lo común, que lo hacía desarrollar la empatía con las personas con las que interactuaba, comprenderlas y actuar de acuerdo a como él entendía el estado emocional de su interlocutor, en lo que casi siempre y generalmente era acertado, le permitió acercarse muchísimo a las damas, quienes tienen un alma más delicada y expuesta. Es así que desde cuando era bebito, ni siquiera llegaba a los seis meses, sabía cómo suspirar ante una damita, cómo mover los ojitos, las manitos, cómo llorar para derrumbar sus últimas resistencias, y lograr enternecerla y lograr que lo carguen, lo llenen de besos y caricias. Así de querendón era.

Cuando venían visitantes a su casa, su intuición lo llevaba a acercarse a saludar a señoras y señoritas, a darles besito, a quedarse con ellas un rato y escucharlas. También, cuando estaban sentadas en la sala compartiendo unas galletitas o un refresco, él las atendía alcanzándoles una servilleta o trayéndoles algún juguete o una muñequita para halagarlas, lo que arrancaba inevitables: «¡Ay, qué lindo!». Y convirtiéndolo en un motivo más para programar una nueva visita.

Cuando fue al colegio marcó la diferencia. Al contrario de los otros varones que formaban grupos alejados de las damitas, como si éstas tuvieran alguna enfermedad contagiosa, él sabía compartir con sus amigos, pero también no tenía inconveniente en acercarse a los grupos de pequeñas féminas, ganarse su confianza y, con sus actitudes galantes, obtener la inocente preferencia por su compañía.

Conforme pasaban los años, y los cuerpos crecían y las hormonas afloraban, la relación puramente de amistad se iba convirtiendo en más instintiva, de género, pero no de pareja. Porque Amancio trataba a todas las chicas por igual, con igual interés, a las altas y a las bajitas, a las bonitas y a las feas, a las gordas y a las flacas, a las de su salón y a las de otros grados, y de esta forma su popularidad crecía entre las féminas en todo el colegio. Posiblemente esta cercanía con ellas hacía que sus glándulas generaran mayor cantidad de feromonas, causando que esa atracción hacia él por las integrantes del sexo opuesto se incrementara, causando la envidia y frustración de sus compañeros.

Cuando terminó su etapa escolar, Amancio se dio cuenta de que su destino no era tener una pareja, sino mantener una relación con todas las damas que se cruzaran en su camino. Pero tendría que conjugar esta especie de súper poder que le había dado la naturaleza con sus necesidades mundanas de supervivencia.

Y así diseñó su estrategia de vida, teniendo en cuenta que tenía que buscar un lugar para ganarse la vida, al que acudieran siempre damas, ante quienes pudiera desplegar sus habilidades de seducción. Afortunadamente, los tiempos modernos le brindaron la opción sin ningún margen de error: el gimnasio.

Él mismo comenzó como alumno en un gimnasio del barrio para lograr en principio el desarrollo corporal que multiplicara hasta el infinito la potencia de atracción. Y en este estado ya lograba éxitos con las señoras maduronas, quienes se le acercaban para «ayudarlo» a hacer sus rutinas, invitarlo a desayunitos o almuerzos y, posteriormente, salidas nocturnas, lógicamente a cuenta y costo de ellas, porque todavía Amancio no tenía cómo responder, económicamente hablando, porque de lo otro, mejor ni lo contamos.

Cómo sería de bueno y de equitativo con todas en este último rubro que las alumnas, en una especie de sindicato, exigieron que sea contratado como profesor, y algunas le daban un extraeconómico para que sea su *personal trainer*.

Evidentemente, Amancio no se había equivocado. Tan buenos eran sus ingresos, sus extras y la ayuda casi desinteresada, más bien interesada de algunas de sus alumnas, que pudo financiar la apertura de su propio gimnasio, construido de acuerdo a especificaciones propias con una habitación oculta, primorosamente adornada con cama *king size* y baño con *jacuzzi* para gimnasia después de la gimnasia.

Por eso, nunca dejen ir solas a sus hijas o esposas a ese gimnasio. Y si es inevitable, exíjanles que usen mascarillas a prueba de feromonas y, mejor aún, ustedes mismos llévenlas y recójanlas a la hora exacta.

* * *

Corina estaba en trabajo de parto. Por fin salió el doctor con el bebé en brazos que, según lo previsto, se llamaría Osorio.

Etimológicamente, matador de lobos. Tienen una personalidad enigmática. Son calmados, reservados y equilibrados. Desconfían particularmente de su emotividad y de todo lo relacionado con la esfera afectiva. Su reserva proviene de una cierta inhibición (tomado de Significado-nombres.com).

El bebé nació sanito, pesando más de cuatro kilos, no era obeso, sino grande. Y se convirtió en la admiración de todos: «¡Qué grande! ¡Se le ve muy fuerte!». Y lo bueno es que pedía alimentos y se los daban, de modo que seguía creciendo, pues no tenía ninguna limitación proteínica ni vitamínica.

Cuando fue al colegio, era el más alto y fornido. Prácticamente le llevaba media cabeza al que le seguía. Muy buen amigo y compañero, se convirtió en el defensor de sus condiscípulos de aula de los abusivos de otros salones más adelantados, por lo que se ganó el cariño y respeto de todos. No era muy ágil, pero sí muy fuerte. Por eso los deportes en los que destacaba eran los que requerían fuerza, como lanzamiento de bala o de jabalina. En el fútbol no era muy habilidoso, pero cuando se ponía en la defensa era difícil pasarlo, no solo por el temor que infundía al verlo al frente, sino porque cuando se producía un choque efectivo, el atacante simplemente salía volando por los aires. Incluso en algunas ocasiones los que tuvieron el infortunio de chocar con él, salieron lesionados para no regresar al campo. Y eso incrementaba la leyenda sobre su fortaleza física.

Su rendimiento académico era de mitad para abajo, por lo que el pronóstico que se tenía para su vida futura era la de guardaespaldas, policía o militar. Aunque era un buen amigo, y todos le deseaban lo mejor, el hecho de ser una mole de músculos de casi dos metros de alto, y sin haber pasado por ningún gimnasio profesional, hacían prever que lo suyo tenía que ver con la fuerza.

Efectivamente, entró a la Marina, haciéndose notar precisamente por su impresionante estado físico, lo que lo convertiría en un destacado militar que cumplía las misiones sin dudas ni temores, amparado en la confianza en sí mismo, en la seguridad que le daba saber que no había obstáculo físico que pudiera detenerlo, y en que los militares a su cargo le tenían mucha fe y eso generaba un efecto multiplicador en el equipo. Pudo haber sido boxeador o luchador de vale todo, porque cuando hacían este tipo de actividades dentro de lo que era el entrenamiento militar, no había rival que no cayera derrotado.

Como por estos años no hay guerras, su carrera hasta los más altos niveles del escalafón militar fue únicamente administrativa. No hubo ocasión de demostrar a nadie su capacidad destructiva ni convertirse en héroe, aunque seguramente lo hubiera sido.

* * *

Corina estaba en trabajo de parto. Por fin salió el doctor con el bebé en brazos que, según lo previsto, se llamaría…

Pero basta ya de asesoría gratuita, creo que para muestras son suficientes los botones que se han mostrado en historias reales o casi reales o tal vez un poco imaginarias. Si usted quiere que su hijo llegue a alguna meta en el futuro, de acuerdo a las necesidades o preferencias, no dude de enviar un correo electrónico a ANTROPONIMIA@nombre.com con una descripción detallada de lo que requiere. Por un cargo fijo de doscientos cincuenta soles se le responderá dentro de las veinticuatro horas el nombre que llevará a su hijo a conseguir el futuro soñado. No hay duda.

El contrato

Juan Pedro trataba de salir a flote con su negocio; a pesar de que trató por más de diez años, en los que tuvo buenos y muy buenos momentos en los que parecía que iba a conseguir un crecimiento sostenido de la empresa, no pudo lograr una situación duradera. La inestabilidad económica del país hacía que el movimiento comercial se detuviera cuando parecía presentarse una condición más estable y sostenible; a partir de entonces, la empresa empezaba a desangrarse hasta llegar nuevamente a la falencia económica. Para él, estos momentos eran de extremo sufrimiento, porque no solo era responsable de su familia, sino que también debía preocuparse por sus trabajadores; por lo que le era tremendamente doloroso cuando se veía en la necesidad de prescindir de los servicios de algunos de ellos.

En cierta ocasión, su empresa entró en uno de esos baches financieros que obligan a tomar medidas correctivas para que la empresa no desparezca. De lo contrario, significaría que los trabajadores se quedarían sin un puesto laboral y no de forma temporal, como ya había sucedido en varias oportunidades, cuando pasada la crisis la empresa llamaba a sus antiguos trabajadores para que se reincorporen.

Esta vez la situación era más grave que las anteriores. Había una parálisis de la economía influenciada por la recesión que se produjo en varios países que se ufanaban de ser los más desarrollados del planeta, pero que habían cometido excesos que ahora los estaban pagando. En una economía globalizada, lamentablemente, lo que les ocurre a esas naciones se reflejaba automáticamente en todo el mundo, afectando principalmente a las empresas más pequeñas, las cuales no están suficientemente capitalizadas ni diversificadas como para resistir los embates económicos.

Hacía ya varias semanas que no entraba una orden de compra nueva, pero los gastos fijos continuaban siendo los mismos. Lo que más le preocupaba a Juan Pedro era el pago de las planillas que, a pesar de que ya se habían recortado sustancialmente, continuaban siendo un gasto considerable al que él daba prioridad. Como había ocurrido anteriormente, esperaba que empezaran a entrar trabajos en el preciso momento en que ya se estaba por rendir; de esa forma, todo se volvería a nivelar. Sin embargo, no había ningún indicio de que esto fuera a pasar. Se había estado utilizando los ahorros de la empresa para cumplir obligaciones, se había recurrido a los bancos para que le autoricen sobregiros, pero ya estaba en el límite. Se había retrasado en el pago de las facturas a proveedores, de modo que ya no podía obtener más insumos o materia prima si no era al contado, pero era justamente de liquidez de lo que adolecía en ese momento.

Nuevamente ocurrió lo que había estado esperando. Luego de constantes gestiones y seguimientos a sus principales clientes, uno de ellos le dio la oportunidad de realizar un trabajo muy grande, con el cual recuperaría el bienestar empresarial y mantendría la empresa en una situación estable por varios meses. Recibió la orden de compra, pero hubo un decisivo inconveniente.

Cuando regresó triunfante a su oficina y se puso a revisar el documento, se dio cuenta de que si el pedido se lo hubieran hecho unos meses antes, no habría habido problema en atenderlo, pero ahora no tenía capital de trabajo para comprar los insumos y tampoco había posibilidades de financiarlo fácilmente. Perdería el trabajo, perdería el prestigio de proveedor cumplido y perdería la empresa.

Utilizando su mejor expresión de optimismo, como una careta para disimular lo que estaba viviendo por dentro, inició gestiones en bancos donde tenía gente amiga, la que —estaba seguro— lo apoyaría para obtener el puente financiero. Sin embargo, su empresa no resistía ninguna evaluación y no lo podían apoyar a pesar de la buena voluntad, porque las políticas internas de los bancos en una situación como la que estaba viviendo el país les impedían arriesgar dinero en empresas inviables. Se fue a visitar uno a uno a sus proveedores para ver si le otorgaban una ayuda adicional, pero no fue posible. Así fue tocando puertas infructuosamente, hasta que regresó a su oficina vencido y agotado. Era irónico: tenía la salvación de su empresa en las manos, pero no podía hacer nada.

Un hombre, vestido con un terno oscuro, hecho con la tela importada más cara, entró a su oficina por sorpresa. Tenía una expresión que iba entre lo sarcástico y lo malévolo. Fumaba un apestoso habano que cualquiera diría que era de azufre. Lucía varios anillos de oro y lentes del mismo material.

—Soy un hombre que ha ganado todo en la vida. Casas, carros, islas, mujeres. Puedo comprar lo que sea. Mis negocios no dejan de producir dinero y ya no tengo nada que me incentive.

—Bueno, pero en qué lo puedo servir, mi estimado — respondió intrigado Juan Pedro.

—La vida, como la conocemos, ya no me motiva. No le encuentro nada emocionante. Es por eso que ahora estoy muy interesado en la muerte.

Esta última frase puso intranquilo a Juan Pedro. ¿Sería un asalto?, ¿tal vez un loco asesino? Un escalofrío le recorrió el espinazo. Instintivamente, se deslizó un poco en su sillón.

—No se asuste —continuó el extraño—. Lo que vengo a ofrecerle, bajo un contrato, es la ayuda económica que necesita. Sé que necesita dinero para levantar su empresa. Las condiciones son muy sencillas. Le voy a proporcionar un millón y al cabo de cinco años, a partir de la firma del contrato, usted me entrega su vida.

—Pero si al cumplirse el plazo le pago el préstamo más los intereses, ¿quedo liberado?

—¡No! A los cinco años usted vendrá a mi casa y ahí lo mataré. Así es el trato. Como le he dicho, el dinero no me interesa.

Juan Pedro se dio cuenta de que necesitaba el dinero y que nadie tenía la vida comprada. A él, al igual que al extraño, podía pasarle cualquier cosa en ese periodo. Cinco años era bastante tiempo, así que algo se le ocurriría. No lo pensó demasiado y firmó los dos originales del documento. A cambio recibió un cheque por el monto convenido, que era casi el doble de lo que él calculaba que necesitaba.

El tipo desapareció como por arte de magia. Juan Pedro salió del estado de perturbación, guardó su original en el escritorio y se fue al banco para depositar el dinero, monto que le permitiría pagar los sobregiros y cumplir con la orden de compra. Y no solo eso, Juan Pedro pudo conseguir otros trabajos, los que pudo financiar con el dinero conseguido, y darle un fuerte impulso a su empresa, que ahora si parecía haber alcanzado una prosperidad duradera.

Al cabo de un año, tanto la situación económica de la empresa como la de Juan Pedro eran robustas y estables. Sin embargo, su preocupación era que solo faltaban cuatro años para que se cumpla el plazo. Como ya no tenía los problemas que lo llevaron a valorar tan poco su vida, pensó que definitivamente sí quería mantenerse en este mundo. Sacó el contrato del escritorio y empezó a leerlo con sumo cuidado para ver si encontraba alguna leguleyada que le permitiera evadir su compromiso y su fatal destino. No fue necesario buscar resquicios ni interpretaciones ambiguas. Había una cláusula muy clara de cesión de posición contractual, lo que significaba que otra persona podía tomar su lugar en el contrato con la simple firma de una adenda que explicara el cambio.

Juan Pedro se llenó de fe y optimismo. Solo había que buscar una persona que quisiera sacrificarse bajo ciertas condiciones. Llegó a la conclusión de que tendría que buscar una persona que estuviera en las antiguas condiciones que él mismo había sufrido, una situación tan desesperada que llevara al infeliz a perder el deseo de vivir; de ese modo, con un conveniente incentivo económico, lograría librarse de su obligación contractual.

Fácilmente encontró un prospecto. Por televisión vio como un grupo de bomberos rescataban del acantilado a un frustrado suicida que había intentado acabar con su vida, aparentemente por un motivo muy personal. Se llamaba Diego algo, no pudo escuchar bien el apellido. A través de unos amigos se comunicó con los periodistas a cargo el caso, así pudo obtener toda la información del pobre hombre para ubicarlo. Juan Pedro consideraba que el trato que intentaría no iba en contra de la ética ni la moral. El tipo había decidido voluntariamente quitarse la vida, de modo que si lograba hacer que lo reemplace en el contrato, no habría nada de malo ni por qué sentir remordimientos.

Se presentó en la casa de Diego, con la soltura y desenfado de un empresario exitoso, e inmediatamente lo abordó. Él lo hizo pasar a su vivienda. Tenía cara de sufrimiento y depresión, lo que hizo pensar a Juan Pedro que el acto que había realizado, y que pudo ser frustrado por escasos segundos antes que se produjera, sería repetido en cualquier momento o sería cambiado por alguna otra modalidad que acabara con su vida, lo que le dio más ánimo para negociar.

Juan Pedro trató de buscarle conversación a Diego, así podría encontrar el momento oportuno para hacerle el planteamiento que lo salvaría de su compromiso. Lo alentó a que le contara su caso, pero en mente tenía que por ningún motivo lo animaría a desistir. No ocuparía bajo ninguna circunstancia el papel de confesor y psicólogo que lo hiciera recapacitar.

Diego le comentó que no se explicaba lo sucedido; mejor dicho, sí sabía lo que había ocurrido. Todo se remontaba hacía varios años, cuando inició una relación sentimental con Paquita.

Se habían conocido en el barrio en su infancia. Asistieron juntos desde el primer grado al colegio parroquial del barrio, donde se hicieron grandes amigos. Llegó la época de la pubertad y se separaron por esas cuestiones de muchachos, porque los grupos de amigos eran de varones con varones y mujeres con mujeres, que se observaban mutuamente para estudiarse y conocerse. Sin embargo, luego de terminado el colegio, un par de años después, se reencontraron, pero ya no como hermanitos colegiales, sino como pareja.

Ambos provenían de familias humildes. Su principal preocupación era superarse, salir por ellos mismo de esa situación y, de ser posible, llevar con ellos a su familia a la prosperidad. ¡Tan altruistas eran en esos tiempos sus pensamientos! Cuando salían a pasear, ambos estaban conformes con ir a un cine económico, comer algo que vendían en locales baratos o simplemente irse juntos al parque público para pasar el tiempo.

No necesitaban mucho para que su unión este cimentada; además, más allá de los respectivos trabajos que les consumía gran parte de su tiempo, no tenían otra preocupación. Ella se había conseguido un puesto en una tienda por departamentos, de esas inmensas que venden mucho, pero que pagan poco a sus trabajadores; mientas que él repartía comida rápida gracias a una motocicleta que su familia, con mucho esfuerzo, le había conseguido para que pueda ingresar al mercado laboral.

Ambos asumían su humilde situación, pero tenían la esperanza de hacer una vida juntos y progresar, de modo que pudieran conformar una familia basada en el amor y en el trabajo. Sin embargo, Paquita, sin proponérselo, encontró un camino más corto para salir de la pobreza. En su centro de labores no pasaba desapercibida su belleza, por lo que empezó a ser cortejada por varios hombres, lo que le daba la posibilidad de observar y escoger el mejor partido.

Luego de haber elegido al que mejor se ajustaba a sus pretensiones, con la mayor frialdad le comunicó a Diego el final de su relación sentimental. Le explicó que el caso de ellos podía ser muy tierno, pero que en la práctica no tenía futuro, y que el amor si no viene con argumentos concretos y realistas bajo el brazo, no tiene posibilidad de durar. Fue así como lo abandonó. Él se dio cuenta de que ella tenía razón, que no estaba ni estaría en condiciones de brindar seguridad a nadie y tampoco de ser el eje de una familia. Al sentirse completamente inútil en ese sentido, decidió dejar el camino libre y acabar con su vida.

—Fíjate, yo te traigo la solución a ese problema. Tu podrías ser quien le dé seguridad y holgura a tu propia pareja, hijos, nietos, padres, abuelos o a quien quieras, incluyendo canales no oficiales —se atrevió a bromear Juan Pedro, usando sus dotes vendedoras para predisponer a su cliente sobre la oferta que haría a continuación.

Le empezó a explicar el contrato, cómo era que dentro de cuatro años tendría que hacer el pago por el dinero que recibiría en ese momento, con la vida, pero que le permitiría cumplir sus sueños y anhelos. Incluso podría formar un hogar al que dejaría muy bien cimentado y hasta de repente podría recuperar a Paquita.

Diego iba leyendo el contrato mientras escuchaba los argumentos de Juan Pedro. En el fondo no le parecía mal. Todo lo contrario, si ya había decidido quitarse la vida, ¿qué más daba hacerlo dentro de cuatro años? Pero esos pensamientos estaban basados en su estado de ánimo actual y no en el que tendría luego de recibir el dinero; lastimosamente, ese detalle no lo tomó en cuenta. Lo que sí notó era que el contrato original era por cinco años y que la adenda que firmaría le daría solo cuatro. Entonces hizo la contraoferta.

—Acepto, pero como tendré un año menos de vida que cuando tú lo firmaste, considero que yo debería recibir un veinte por ciento más. Juan Pedro se dio cuenta en milésimas de segundo que el trato ya estaba hecho, que conservaría su existencia por solo un poco de dinero adicional que era lo que en ese momento tenía en exceso.

—Por supuesto, sin ninguna discusión.

Y se firmaron los documentos.

Diego recibió un cheque por un millón doscientos mil dólares, una verdadera fortuna considerando su actual condición económica. Solamente el cobrar el cheque le cambió el estado de ánimo. La mirada de admiración y casi de envidia del cajero encargado de darle el dinero le hizo subir la autoestima a niveles siderales. Fue así que empezó a hacer un muy buen uso del capital que había adquirido. Formó empresas pequeñas pero bien manejadas, las que le daban rentabilidad. Al cabo de un año ya no tenía ni rastros de depresión y más bien se convirtió en un hombre aspirante, optimista y con visión de futuro. Pero entonces comenzó a preocuparle la adenda firmada. Se le empezaron a hacer cortísimos los años que le quedaban de vida. Tenía que pensar en una solución al problema.

Para él tampoco fue difícil hallarla. Cuando fue al hospital a visitar a uno de sus trabajadores que se había accidentado, en la puerta de uno de los cuartos encontró a un hombre llorando.

Con frialdad, Diego pensó que el sufrimiento de una persona se debe a alguna necesidad y como el dinero podía comprarlo casi todo, entonces ahí estaba la oportunidad que buscaba. Con cara de preocupación y solidaridad, se acercó a preguntarle:

—Es que a mi hijo, mi único hijo, de solo veinte años, le han diagnosticado un mal terrible, mortal, incurable. Cada día que pasa siento que lo pierdo, ¡y no puedo hacer nada! —dijo Dagoberto.

—¡No puede ser! Algo se podrá hacer. ¡Con la tecnología médica tan avanzada algún tratamiento debe existir! Dijo Diego con algo de sensibilidad, pero con mucho de astucia e hipocresía. —Sí hay tratamiento, pero fuera el país. Es demasiado costoso. La verdad es que en este país, quien no tiene dinero, ¡se muere!

No había tiempo para sensiblerías. Diego le explicó lo del contrato; cómo si firmaba una nueva adenda recibiría una muy buena cantidad de dinero, pero tendría que entregar la vida dentro de tres años. Dagoberto ni siquiera lo pensó y aceptó inmediatamente. Diego, un tanto más escrupuloso que Juan Pedro, le dijo que en vista de que el tiempo de vida que le quedaba era de tres y no los cuatro años que figuraban en la adenda que él había firmado, le reconocería un veinticinco por ciento más; o sea, trecientos mil dólares.

Firmaron la adenda y se hizo el pago respectivo.

Con el dinero en la mano, Dagoberto inició el contacto con el instituto del extranjero que le habían recomendado los médicos del hospital. De forma paralela conversó con una empresa aérea que manejaba un avión ambulancia, con la que se haría un vuelo directo para no perder tiempo, esta vez, la disponibilidad de dinero no era obstáculo. Una semana después, acompañando a su hijo Calixto, ya estaba subiendo al avión. Efectivamente, el tratamiento era bastante caro, pero el dinero que había recibido era más que suficiente.

A las pocas semanas, Calixto reaccionaba favorablemente y comenzaba a recobrar la conciencia. En un par de meses ya estaba curado. La enfermedad que padecía, y que había estado destruyendo sus tejidos internos, era realmente extraña. Había sido tratada con medicina experimental —lo que significo asumir un altísimo riesgo—, lo que logró generar un interés inusitado en la comunidad médica.

La Organización Mundial Médica confirmó que este caso emblemático había abierto un nuevo camino para la curación de enfermedades de este tipo —las cuales se habían reportado en varias partes del mundo—, producto de un virus mutante que atacaba inmisericorde. Con el descubrimiento hecho en la curación de Calixto no solo se iba a tratar con éxito a las personas infectadas, sino que se erradicaría definitivamente el mal. Por ese motivo, en compensación al gran esfuerzo realizado, el ente mundial decidió adelantar la entrega del premio pecuniario que otorgaban anualmente a los investigadores y científicos por los avances y beneficios en favor de la humanidad; no solo le dieron una fuerte cantidad de dinero a los institutos que se ocuparon del caso y a los propios médicos para que continúen con sus investigaciones, sino también a Dagoberto y Calixto, quienes eran los símbolos de esta milagrosa sanación.

En consecuencia, y sin habérselo propuesto, padre e hijo regresaron a su hogar con algo más que el dinero que habían recibido de Diego, pues el instituto se negó a facturarles los gastos que habían realizado.

La rehabilitación de Calixto sería larga, pero los progresos que con el tiempo y paciencia se iban apreciando eran motivadores. Lo único que debía hacer era cumplir con la ingesta de las medicinas que le que le llegaban gratuitamente. Pasado un año ya estaba totalmente recuperado.

Calixto no pudo evitar preguntarle cómo había hecho para conseguir el dinero y su padre no tuvo más remedio que mostrarle el contrato.

—Pero algo tenemos que hacer, papá. No es justo que tú te sacrifiques en esa forma. No lo permitiré. Buscaré alguien que quiera tomar tu lugar.

Entonces comenzó la búsqueda de otra persona que tuviera necesidad de dinero y que estuviera dispuesto a dar la vida por conseguirlo. La solución para el problema la encontró en la televisión, viendo un programa sobre los ludópatas que son atrapados por la ruleta. Entonces pensó que tendría que viajar a donde las deudas fueran descomunales. Se fue a Nevada, a los grandes casinos dominados por mafiosos. Sabía que tenía que ofrecer más dinero del que había recibido su padre, porque si alguien aceptaba seguramente reclamaría que solo contaría con dos años de vida.

Tomó el dinero que le quedaba, vendió todo lo que tenía, incluso el viejo auto y su humilde vivienda que nunca había abandonado, y se fue al casino a buscar a un necesitado. Ni él ni su padre necesitaban dinero, ya había recuperado lo más preciado: su salud.

No le fue difícil encontrar a alguien con quien negociar, apenas entró al lugar se encontró con la escena que le daría la solución. Los mafiosos tenían arrinconado al ludópata que había obtenido préstamos para seguir jugando y que ahora no podía pagar. Lo amenazaron para que en una semana devolviera el dinero o lo desparecerían. Cuando lo abandonaron, luego de golpearlo, llegó el turno de Calixto, quien le hizo la oferta y le mostró el contrato y las adendas. Willmington lo miró y, sin ninguna observación, aceptó la firma de la adenda. ¿Qué más daba? Morir dentro dos años era mucho mejor que morir dentro de una semana. Por su parte, Calixto le dio la cantidad acordada, en la que consideraba una cantidad extra por el motivo ya conocido.

Calixto regresó donde su padre para decirle lo que había hecho, pero lamentando que se habían quedado sin nada.

—¿Cómo que sin nada? Tenerte a ti sano y salvo es como tener todo el oro del mundo.

—Tienes razón, papá. Que ya no estés metido en ese contrato realmente no tiene precio. Lo material es lo de menos.

Hasta ese momento, siguiendo el curso del dinero, se podía decir que firmar la adenda daba suerte. Y esta vez no sería la excepción. Willmington, en un momento de cordura, fue donde los mafiosos y pagó el total de su deuda, dejándolos sorprendidos. Inmediatamente después perdió la sensatez y, sin mediar ninguna palabra, se fue nuevamente al casino a ejercer su vicio. Esta vez la suerte estaba de su lado: los balances mensuales mostraron que sus cuentas bancarias estaban en una espiral creciente.

El año pasó rápidamente y con el correr de este tiempo regresó la bonanza económica para Willmington. Se había comprado un Ferrari rojo descapotable y un departamento en una zona exclusiva. Vivía una vida totalmente despreocupada. Pero en uno de sus ratos de ocio, que eran muchos, encontró el contrato y las adendas y con mucha despreocupación y producto del aburrimiento de no tener nada que hacer, empezó a leerlo. En ese momento se dio cuenta de que le quedaba un año de vida y le entró una especie de desesperación. A partir de ese instante tendría que concentrarse en buscar un reemplazo que quisiera tomar su lugar. De acuerdo a cómo se había ido desarrollando la firma de adendas, le correspondería incrementar la oferta, aunque eso para el no sería ningún problema. Lo que si tenía que hacer era ubicar a la persona adecuada, y con mucha urgencia.

La búsqueda tampoco le tomo mucho tiempo. Encontró a la indicada en un lugar que no se imaginaba. Caminando por las calles de un pueblo cercano al casino, vio a uno de esos *nerds* de anteojos de plástico metido en el garaje de su casa con una serie de papeles y apuntes en una pizarra acrílica mientras trabajaba en la computadora. No había visto nunca uno de estos seres y le despertó la curiosidad. Entró y tuvo que acercarse a treinta centímetros para poder captar la atención del tipo. Trató de hacerle conversación.

—Me llamo Mark. Estudiaba en la universidad, pero me aburrió leer cosas tontas que no tienen ningún sentido ni fin práctico. Por eso decidí trabajar en un proyecto personal, aunque no sé si lo podré terminar.

—Caramba, ¡qué interesante! Y ¿de qué se trata?

—¡Es un aplicativo que se conecta a Internet y permite compartir fotos con los que se conecten al sistema! Además, permite que los usuarios hagan comentarios, envíen correos electrónicos y hagan amigos, que es lo que yo no tengo.

—Muy interesante. No le veo una utilidad práctica, porque la comunicación entre la gente debe ser personal. ¿Por qué crees que no lo podrás terminar?

—Porque mi computadora es muy primitiva y no permite que el aplicativo corra bien. No tiene ni buena capacidad de almacenamiento. ¿Quién eres tú?

—Soy el que va a solucionar tu problema.

De la manera más eufemística, comenzó a explicarle que podría proporcionarle dinero. Mark comprendía perfectamente lo que le estaba explicando; es más, lanzó una frase desconcertante que hizo que Willmington entendiera que el trato ya era un hecho:

—El genio humano trasciende al mundo físico. Las grandes inventivas hacen que su creador siempre este vivo.

Inmediatamente dio por aceptada la firma de la adenda. Recibió el dinero y abandonó a Willmington donde estaba. Mark se fue a adquirir los equipos que necesitaba y a contratar un servicio más potente de Internet; luego, se fue a comer una hamburguesa con papas fritas y jugo de papaya, como siempre lo hacía.

De acuerdo con su costumbre, una vez terminado el refrigerio, se fue nuevamente a su garaje a seguir trabajando, solitario. Cuando le llegaron los nuevos equipos entró en éxtasis, sobre todo cuando estuvieron instalados. Entonces, todo fue muy rápido; en realidad, tenía todo desarrollado, lo único que le faltaba era un *hardware* de mejor potencia. Cuatro semanas después, lanzó su producto a la comunidad. Un mes después, la población que habitaba en el Estado donde vivía ya se había inscrito a su aplicativo. Otro mes después tenía ya usuarios de todo su país. Luego de unas semanas su fenómeno se había hecho mundial. Lo más curioso era que este servicio no tenía ningún costo para los usuarios, algo que Mark veía como normal, porque nunca había pensado en hacer negocio. El aspecto comercial que él no había considerado, lo vieron otras personas. Utilizaron el vehículo virtual para temas empresariales; por supuesto, con la autorización de Mark y pagándole las regalías que le correspondían.

Diez meses después, sin habérselo propuesto, Mark era un hombre conocido mundialmente y admirado por su creatividad. También era una de las personas más adineradas, su fortuna se contabilizaba en millones, mejor dicho, no se contabilizaba, no había forma de registrar la cantidad de dinero, propiedades y bienes de todo tipo que poseía. Según el compromiso que había suscrito, tenía que entregar su vida de acuerdo a lo que estaba estipulado en el contrato. El tiempo era muy corto para intentar buscar un reemplazo mediante nueva adenda. En realidad, él se sentía tan realizado profesionalmente que ni siquiera pensó en ello. Sin embargo, como no hay fecha que no llegue ni plazo que no se cumpla, ya estaba en el día final considerado en la adenda. Mark, un hombre honesto y cumplidor, fue a la cita en el lugar indicado.

Cuando ingresó a la casa del siniestro hombre percibió que el ambiente tenía un fuerte olor a azufre, el cual se incrementó cuando el tipo, vestido con un impresionante traje de lujo, se instaló en el lugar. Mark había ido preparado. Los meses que había pasado haciendo negocios lo habían convertido en un experto en negociación.

—El contrato puede rescindirse de mutuo acuerdo, según lo establece el Código Civil, y eso es legal. Le ofrezco cuatro veces lo que usted pago inicialmente por dejar sin efecto el contrato.

¿O prefiere que sean cinco?

—Trato hecho, amigo, que sean cinco.

Mark entregó el cheque, se dieron la mano y terminó la entrevista.

—No quiero que se lleve una mala impresión por el olor que percibe. Lo que sucede es que soy homeópata y tengo un *jacuzzi* con aguas termales azufradas para uso medicinal. Este tipo de negocio me ha resultado muy rentable, porque el que debe entregar la vida ofrece importantes cantidades de dinero para lograr la rescisión. La rentabilidad anual me resulta superior al cien por ciento. El próximo mes tengo otro vencimiento de contrato y supongo que también tendrá un final feliz para todos.

En todo este cuento, ¿alguien perdió? No, todos ganaron. Y es que negocios son negocios.

Auto nuevo

Eran las 03:00 am y ese lugar de la carretera estaba inusualmente congestionado. Había gente por todos lados, una ambulancia, un carro de bomberos, dos carros de la policía. Todo hacía indicar que algo terrible había sucedido. Se había cortado el tránsito de vehículos mientas los bomberos y policías hacían su trabajo de acordonar la zona, retirar a los curiosos, y habilitar una franja de la pista para que los vehículos particulares puedan circular y el personal de emergencias atender y evacuar a los accidentados. Dos automóviles volcados y semidestruidos confirmaban que había ocurrido un trágico accidente, como los que ocasionalmente se ven en estas vías de alto tránsito a altas velocidades. El vehículo rojo tenía toda la parte delantera destrozada y estaba totalmente volcado con las llantas hacia arriba. El plomo tenía el techo aplastado, parecía que había dado una o varias vueltas de campana y había quedado parado, pero con los vidrios reventados y con manchas de sangre por todos lados, que incluso había dejado marcas en la pista.

Los bomberos paramédicos ya habían terminado su parte. No había sobrevivientes. Dos parejas habían fallecido. Una de ellas estaba aún atrapada dentro del carro, comprimida entre los asientos y el chasis que había sido completamente deformado por la violencia del impacto. En el otro vehículo, el conductor estaba aprisionado entre el timón y la consola, que ya no tenía forma de nada, mientras que su pareja había salido disparada por el parabrisas y yacía a unos cinco metros de distancia, donde había colisionado contra un murete que había al costado de la pista.

Los del grupo de rescate quedaron a la espera que aparezca el Fiscal de Turno, para que autorice el levantamiento de los cadáveres.

Un año antes Pablo había terminado el colegio a los diecisiete años, y dentro de lo que se conoce como el tercio superior. Era en general un buen alumno, no extraordinario, pero si por encima del promedio. Usualmente aprobaba los exámenes con muy buenas calificaciones, era cumplidor con las tareas, e intervenía en clases para responder preguntas, hacer comentarios, y también para hacer reír a sus compañeros. Porque para eso si era un experto. Era capaz de detectar cualquier falla, contradicción o situación que permitiera convertirla en un chiste, tanto de sus condiscípulos como del propio profesor. Pero también era un chico aspirante, lo que hizo explícito en los últimos meses cuando se despedía del colegio en una de esas reuniones de su promoción escolar, cuando había manifestado su deseo de convertirse en un profesional exitoso estudiando una carrera universitaria y luego una maestría, y posiblemente un doctorado, a través de alguna beca en el extranjero que estaba seguro conseguiría. Todavía faltaban varios meses para terminar su etapa escolar, pero él ya había planificado todo.

Por supuesto, su familia estaba extasiada con el proyecto de vida del joven.

Consciente de que entre el colegio y la universidad había un desnivel apreciable, había decidido seguir el cursillo de preparación preuniversitario en la misma casa de estudios superiores que había elegido para exigirse y ponerse a punto para no tener problemas académicos, y así tener mayores posibilidades de éxito en la profesión de arquitectura que había elegido. Es que había un incentivo adicional, que era que aprobando esta nivelación previa, se ingresaba directamente a la universidad a la especialidad que había determinado sin necesidad de rendir el examen de admisión. Y así fue como inició este proceso de estudio nocturno por cuatro meses, con la finalidad de incrementar sus conocimientos y reducir la brecha académica.

La "pre", como es conocida coloquialmente, comenzó en agosto, y para Pablo también comenzó un periodo de doble esfuerzo, no tanto por los estudios escolares, porque ya para esas alturas del año, prácticamente tenía asegurado que iba a aprobarlo con toda tranquilidad y concluir su etapa escolar sin ningún curso reprobado. Además, los profesores tenían buen concepto de él, y en el caso que fueran necesarios un par de puntitos adicionales, no habría inconveniente que le ayuden, aunque en realidad no los iba a requerir porque era una persona muy disciplinada que cuando se proponía algo, aun cuando requiriera mucha dedicación, se concentraba al máximo, se dedicaba estoicamente y lo lograba. El doble esfuerzo era tener que estudiar en las tardes, saliendo del colegio. Llegaba a su casa a las cuatro de la tarde, almorzaba rápidamente con la colaboración de su madre que le tenía todo listo, avanzaba las tareas escolares lo más que podía y a las cinco salía con prisa, pero con tiempo suficiente para abordar un colectivo que en media o tres cuartos de hora lo trasladaba hasta las instalaciones del instituto preuniversitario. Claro que los fines de semana podía dedicarse a completar los trabajos escolares pendientes y a la preparación para las evaluaciones y exámenes que le habían programado para los siguientes días, y también para el repaso de lo aprendido en la "pre".

Fueron cuatro meses de esfuerzo que finalmente se vieron recompensados. En la "pre", siguiendo su temperamento para el aprendizaje, también había tenido un rendimiento muy regular. Hasta el momento justo antes de rendir las pruebas finales tenía un promedio de doce entre los controles y el parcial, y sólo le faltaba redondear con un ocho o más en el último examen y habría logrado el objetivo. Por ese motivo, la semana previa a esa prueba definitoria fue de total concentración y aislamiento. No estaba para nadie, ni para los amigos. Y llegó incluso al extremo de pedirle a Silvia, su enamorada del barrio, que durante esa semana no se vieran ni se hablaran. Concentración total.

El día del examen, su mamita quiso llevarlo en el auto, pero él se negó. Aun cuando hubiera sido mucho más cómodo aceptar el ofrecimiento, como todo jovencito, estaba tratando de terminar de cortar el cordón umbilical con la familia y ser cada vez más independiente, de modo que una hora antes de la prueba y luego de haber ingerido un ligerísimo desayuno (solamente un jugo de naranja, seguramente por la tensión nerviosa), a pesar de los reclamos de su madre, salió de la casa para embarcarse en el colectivo.

El esfuerzo dio sus frutos. Superando los nervios de encontrarse con el papel lleno preguntas totalmente en blanco, dio una revisión inicial muy rápida a todas a fin de identificar las que le perecían más fáciles, y luego dedicarse a cada una de ellas. Una a una iba resolviendo algunas de ellas y también, siguiendo la estrategia que tenía definida, abandonando otras que le estaban haciendo consumir mucho tiempo. Su metodología era la correcta, tan fue así que cuando faltaban todavía unos cuarenta minutos para terminar el examen, ya había resuelto lo suficiente como para sentirse que había sobrepasado la nota mínima que necesitaba, de modo que el tiempo restante pudo trabajar mucho más relajado con las preguntas que iban quedando pendientes, algunas de las cuales pudo contestar adecuadamente, aunque otras no pudieron ser resueltas. Pero eso era lo de menos, ya no lo necesitaba.

Conclusión: su calificación en el final fue de 14, con lo cual no solo obtuvo un promedio claramente aprobatorio, sino que aseguró su ingreso a la universidad.

Cuando dio la noticia a su madre, ésta saltó de felicidad, y llenó de abrazos y consejos a su hijo, y en ese mismo instante llamó telefónicamente a su esposo para comunicarle la buena nueva, quien, desde su oficina, también lo felicitó, pero sentenciando "esto es sólo el comienzo, todavía no has logrado nada, tienes un largo camino por recorrer".

El día sábado, el muchacho había salido en la mañana para reunirse con unos amigos del barrio para jugar un partido de fulbito. La madre aprovechó para tratar de convencer a su esposo que la mejor forma de recompensar y a la vez incentivar a su hijo para que se esfuerce más en sus estudios, era darle la comodidad necesaria para que se traslade a la universidad y no pierda tiempo en el transporte público que suele ser tan pesado e incómodo y sobre todo tan agotador que puede hasta llegar a reducir el rendimiento de un estudiante. Traducido al castellano, era que debía comprársele un carro.

El padre tenía una posición completamente contraria, en línea con la experiencia que había vivido durante su época de universitario. Hasta que terminó este período, y más aún, los primeros años en que empezó a trabajar, se había trasladado en transporte público, y sólo cuando pudo juntar algo de dinero, se pudo comprar un auto de segunda mano, pero con los propios recursos que él mismo había generado y en base a su propio esfuerzo, lo que hacía más valiosa la adquisición. Consideraba que el hecho de haber ingresado a la universidad no era motivo para premiarlo, puesto que Pablo debía internalizar que solo era una nueva etapa de su vida, y que tenía que aprender a trabajar para lograr objetivos que en este caso eran para su propio beneficio, y no en función de los premios que recibiría. La madre retrucó que esos pensamientos correspondían al pasado, y como prueba de ello, le nombró un par de ejemplos de hijos de amigos que habían ingresado a la universidad, y les habían comprado auto, y que su hijo no merecía ser tratado diferente. El argumento que los tiempos cambian y que en la actualidad el tránsito en vehículos de transporte público era mucho más lento y complicado también fue usado en forma contundente.

En realidad, no se podría saber quién tenía la razón. Seguramente existen infinidad de casos en que se le dio un carro al hijo ingresante, y le fue muy bien en los estudios. Así como otros que el vehículo fue usado mayormente para distracción, y tan fue así que perdió el objetivo del estudio y no terminó la carrera. Y, asimismo, también habrá muchísimos casos intermedios en los que el estudiante podía usar el auto familiar para ir a la universidad solo en los horarios en que estaba disponible, y también tuvo buenos o malos resultados. Por el otro lado, el viajar en transporte público durante la época universitaria, tampoco garantiza el éxito o el fracaso. De todo hay en esta viña del Señor.

El factor económico también pesa mucho en este tipo de decisiones. La inversión en un auto regularmente es fuerte, y los gastos en combustible, mantenimiento periódico y seguros contra accidentes, pueden ser también importantes de acuerdo con el presupuesto familiar.

Todos estos temas fueron discutidos por los padres de Pablo, por momentos tranquila y analíticamente, y por momentos más emotivamente. Lo cierto fue que finalmente acordaron que se le compraría un auto nuevo lo cual se le comunicaría el día de su cumpleaños, para lo que faltaban todavía cinco meses.

Sin embargo, con auto propio o no, Pablo pidió que se le enseñara a manejar para poder obtener su licencia de conducir: evidentemente, en algún momento le sería útil ahora que estaba entrando en una nueva etapa de la vida que generalmente los hace más independientes y autónomos. Todavía faltaban tres meses para el inicio de clases, y consideraba que era el momento de invertir tiempo en esta actividad. De esta forma para cualquier emergencia que se presentara, él podría manejar el vehículo de la familia. El pedido era absolutamente razonable, de modo que el padre le dijo que iniciarían las prácticas ese mismo sábado.

Así fue como que muy temprano del día señalado, se fueron a parque a una hora en que había poquísimo tránsito, e iniciaron las clases. Cómo se encendía el carro, qué cosa eran los cambios, para que se usaba la primera, la segunda, la tercera, la cuarta, la quinta y el retroceso. Para qué servía el embrague, dónde estaba el freno. El uso del freno de mano. Todavía no se tocó lo referido a las luces direccionales, ni las señales manuales: era muy prematuro. Eso ocurriría cuando ya se desplazara razonablemente bien por las calles.

Luego de la demostración paterna de cómo se encendía el carro, y cómo se le hacía avanzar y retroceder, le tocó el turno al hijo. Cada salto del carro cuando no enganchaba bien el cambio o cuando soltaba el embrague en forma incorrecta, era una espina clavada en el corazón del padre, pero que tenía que asimilar para transmitir confianza, conservando la calma y diciéndole a su hijo algunas palabras alentadoras para que mantuviera el ímpetu por aprender. Cada vez que se apagaba el carro por no haber acelerado suficiente o no haber puesto el cambio que correspondía a la velocidad, había que alentar al muchacho para que no se desanime. Pero todo tiene un límite y luego de cuarentaicinco minutos, el papá dio por terminada la clase.

Ya en casa, le dijo a Pablo que la siguiente práctica sería el siguiente sábado, puesto que los días laborable estaría ausente y los domingos se habían hecho para descansar. *"Así, nunca voy a aprender."*, dijo Pablo un poco protestando, pero la reacción de su madre fue instantánea:

"No te preocupes hijito, conmigo si saldremos todos los días a practicar."
"Ni hablar, mami, ¡tú gritas mucho!"

Pero siempre existe una alternativa por grave que sea el problema y esta vez la solución fue simple. Contrataron un cursillo de manejo en una de las tantas academias de manejo que había en la ciudad. En realidad, fue mucho mejor tomar esta decisión, porque el muchacho aprendería más rápidamente en manos de un profesional dedicado a esa labor que sabría llevarlo en poco tiempo a lograr el dominio del vehículo y a perder el temor de conducir por las a veces peligrosas y congestionadas pistas. Y también, sobre todo, tendría a un entrenador acostumbrado a trabajar con novatos que no perdería nunca la paciencia ni tampoco estaría tenso ni nervioso, que son factores que suelen desequilibrar al aprendiz cuando tienen a un instructor sin la experiencia necesaria. El precio era bastante razonable, y compensaba además con creces el deterioro que auto familiar hubiera sufrido durante los entrenamientos.

Es así que luego de un mes, terminó su cursillo de manejo e inició esta vez sí, prácticas con su padre para conducir el auto familiar, con quien los días sábados salía a dar vueltas por diferentes calles para afianzar conocimientos. Es que el padre quería estar seguro de que el vehículo no correría peligro cuando tuviera que prestárselo a su hijo, algo que ya lo preveía como inevitable. Hasta que un día que nadie había planificado, Pablo se ofreció y llevó a su mami a la casa de su abuela sin ningún contratiempo, soportando estoicamente los "¡Maneja despacio!", "¡Frena en la esquina!, "¡Cuidado!", lo cual equivalía a una graduación con honores.

Finalmente llegó el día de su cumpleaños, y tal como estaba previsto, recibió el auto, no sin antes escuchar las palabras del padre, quien le expresaba la felicidad de todos por su ingreso a la universidad, que iniciaba una nueva etapa en su vida, que tenía un futuro promisorio y que todo dependía del esfuerzo y empeño que pusiera, que siempre tendría el apoyo de sus padres, pero que tenía que empezar a forjar su porvenir, y por eso y en reconocimiento, y además como estímulo para que no desmayara en la tarea que tenía, habían hecho el esfuerzo de comprárselo.

La madre también se aunó a las emotivas palabras, recomendándole que dé buen uso al vehículo, que tenga mucho cuidado al manejar, que no vaya a estar tomando con los amigos porque era peligroso, y luego lo abrazó y besó como sólo saben hacerlo las madres, mientras que Pablo pensaba en qué momento le darían las llaves.

El carro estaba estacionado en la entrada de la casa. Era un auto color rojo de 1000 cc, pequeño pero adecuado al uso que se le iba a dar. Se subió al vehículo, y asimismo su madre al asiento de atrás y el padre al del copiloto. Y dieron un paseo inaugural en el que luego de un par de minutos de vacilación por tratarse de un carro nuevo, Pablo se acostumbró a sus características y dio una plausible demostración de manejo prudente y defensivo, con lo que todos quedaron conformes. Finalmente, el padre sentenció: *"Te he asignado sólo cuatro galones de combustible por semana. Nada más. Si no te alcanza, tienes el ómnibus. Punto."* Con lo que no contaba el padre era que la mente empresarial de Pablo ya estaba evaluando alternativas que le permitieran conseguir cantidades adicionales del precioso líquido combustible.

Una semana después rindió el correspondiente examen de manejo en su nuevo y propio auto, y a los pocos días ya tenía su flamante licencia de conducir.

A partir del día siguiente, empezó a ir a la universidad en el vehículo nuevo. Era de uso exclusivo para este fin. Salvo algunos paseos con Silvia los fines de semana, pero sólo hasta una hora pertinente y a lugares cercanos dentro de la ciudad. Además, que los cuatro galones de combustible no le daban mucha autonomía al vehículo.

Pero poco a poco, iba llegando más tarde de las reuniones, lo que causaba la reacción de su madre quien le recordaba a cada momento lo peligroso que era manejar a horas muy avanzadas, sobre todo si se venía de una fiesta o "reu" y se había ingerido licor. "*No mami, yo no tomo, y si va a ser una fiesta donde voy a tomar, no llevo el carro*". Pero él sabía que esto era una falacia. No tomar algo de licor en una fiesta, era casi imposible, pero lo que si era cierto es que él se cuidaba mucho de no sobrepasar su límite, pues era consciente de que efectivamente había una contingencia de accidente. Además, y principalmente, estaba llevando a Silvia y no estaba dispuesto a arriesgarla.

Lo curioso era que cada vez hacía mayores recorridos con el auto sin que solicitara aumento de la dotación de combustible. La respuesta a este enigma era que cuando iba a algún lado en grupo, solicitaba una "chanchita" para sufragar los gastos de gasolina, y como el vehículo era muy económico, le sobraba combustible para otros paseos e incluso para comprar comida rápida o para entradas al cine. No era que él se aprovechara conscientemente de sus amigos, sino que los cálculos rápidos para determinar el aporte de cada uno siempre eran redondeados hacia arriba, porque era evidente que aun así a los pasajeros les salía más barato que viajar en taxi y mucho más cómodo que hacerlo en transporte público.

Eso le permitió ampliar su radio de acción. Ya se podía ir hasta la playa en las afueras de la ciudad. Aprendió a manejar en carretera, y a que hay mucha diferencia entre conducir en la ciudad y fuera de ella. Lo más importante era la velocidad: en la carretera se conduce más rápido, mucho más rápido y cualquier distracción puede ser fatal.

Ahora llegaba bastante más lejos, visitaba playas del sur apartadas de la ciudad, en el kilómetro 50, 80 y hasta 100. El vehículo se portaba maravillosamente, no fallaba. En muchas ocasiones ni siquiera notaba que estaba viajando a más de 150 kilómetros por hora porque el motor no hacía ruido alguno, como si ocurría con el auto familiar, ni tampoco se sentía vibraciones. Sólo cuando miraba el velocímetro percibía el exceso e inmediatamente reducía la velocidad a la autorizada para la autopista. En adición a que significaba no más de una hora de viaje, la compañía de Silvia y otros amigos, y la música que propalaba el potente equipo de sonido, hacían que tanto la ida como el regreso no se sintieran tan lejanos.

En la universidad estaba difundiéndose la realización de una fiesta en el kilómetro 100 de la carretera al sur el sábado subsiguiente, pero había que comprar las entradas con anticipación porque se agotaban rápido. Entre Pablo y Silvia reunieron el dinero necesario y compraron las dos que tanto anhelaban. Pero eso fue la parte fácil, lo difícil era convencer a sus respectivos padres para obtener el permiso. Si bien anteriormente habían tenido reuniones nocturnas, siempre habían sido dentro de la ciudad, y en lugares conocidos, de modo que, si hubiera habido alguna situación de emergencia, la ayuda llegaría casi inmediatamente.

Los argumentos que ofreció él a sus padres eran totalmente sólidos: ya tenía experiencia en el manejo, había conducido en carretera, nunca había llegado a la casa pasado de copas ni mucho menos, iba a ir con Silvia lo que garantizaba que iba a tener especial precaución. Las razones de Silvia eran parecidas pero basadas en el récord de manejo de Pablo. Ni un solo accidente ni incidente en los meses que tenía manejando. Es más, el carro no tenía ni siquiera un raspón.

Adicionalmente, esgrimieron la razón que iban a ir otros amigos en sus autos e irían juntos en caravana, de modo que en la propia fiesta no se iba a producir ningún problema porque eran un "manchón" de amigos y se iban a cuidar unos a otros, además que ya era hora de que confiaran en ellos, porque "todos" los muchachos de la ciudad iban a este tipo de fiestas y no podían ser ellos la excepción.

Finalmente, obtuvieron el permiso y también las respectivas recomendaciones para que no vayan a ocurrir accidentes, que eran parte inseparable de la buena noticia que era a la vez la capitulación de los padres. Nuevamente se hicieron las advertencias de no tomar alcohol en exceso, y si por casualidad se les pasaba la mano, era preferible quedarse a descansar en el carro, y que la velocidad debía estar controlada, también que era preferible que vayan y vengan en grupo, sin jugar a las carreras. En la fiesta, debían cuidarse unos a otros, porque siempre hay personas malvadas que están al acecho. En el caso de las chicas, siempre permanecer en el grupo, cuando vayan al baño ir juntas, y todas las demás precauciones que debían adoptar y se dan en estos casos para fiesteros primerizos.

El sábado de la fiesta, Pablo salió de su casa a las diez de la noche para recoger a Silvia, previa coordinación con el resto de los amigos, y calculando que a las diez y media se encontrarían en el peaje para ir en caravana.

La madre de Pablo no estaba tranquila, algo la mantenía inquieta, un presentimiento, no sabía exactamente qué era. Se puso a ver televisión en la sala, sola. Su esposo ya se había ido a dormir. No pudo evitar recordar que ella fue la impulsora de comprarle el automóvil a Pablo, pero, por otro lado, eso no tenía ninguna significación, porque si se trataba de ir a esa fiesta, bien podría hacerlo en el auto de otros amigos o inclusive en ómnibus y el riesgo que corría su hijo en cualquiera de estos medios de transporte era muy similar. Pero no podía evitar sentirse responsable de la situación actual de la que ella había sido en cierta forma la instigadora. Por momentos pensaba que hubiera sido mejor no tomar esa iniciativa. Tal vez no estaría viviendo lo que ocurría en ese momento.

Y en cuanto a la fiesta en sí, en cualquier lado había peligro. La angustia la hacía que por cortos lapsos se concentrara en la película y por momentos se le iba la mente en estos pensamientos sombríos. Se quedaba dormida y luego se despertaba sobresaltada, posiblemente por algún mal sueño o un mecanismo reflejo.

En uno de esos episodios, se despertó violentamente y vio que en la televisión habían dejado de dar la película y estaban pasando un informativo especial por un accidente que se había producido en la carretera al sur. Miró la hora y eran casi las tres de la mañana y su hijo no había regresado ni se había comunicado. Con la tensión en todo el cuerpo miró las imágenes y escuchó la narración del reportero explicando lo terrible del accidente que había ocurrido. De pronto, vio el auto rojo destrozado. El reportero decía que aparentemente eran unos jóvenes que habían estado en una fiesta y que la policía estaba en el proceso de identificación de los cadáveres, revisando la documentación que habían encontrado. También entrevistaba a algunos testigos que decían que el auto rojo venia hacia la ciudad a gran velocidad y que de una lateral salió el otro vehículo también muy rápido y que ni siquiera parecía que hubiera ocurrido un intento de frenada. Todo había sido instantáneo.

De pronto sonó el teléfono. La timbrada sonaba diferente a lo normal. Era como un chirrido que hizo saltar a la señora, se le erizó el cuerpo y casi se le paraliza el corazón. Dos timbradas, tres timbradas, ya se iba a cortar. Levantó el auricular temblando:

"Hola mami, ya estoy regresando a casa. Al final no fuimos a la fiesta sino a una reunión de Silvia, porque había llegado del extranjero una amiga de una amiga, y le pidió que la acompañe. ¡Menos mal que pude vender las entradas por Internet, así que recuperé mi plata! Disculpa que se me pasó avisarte."

"¡Hijito, ven en este instante, quiero verte!"

El alma le regresó al cuerpo, pero todavía estaba temblando. Cuando regresó su hijo, lo abrazó. Pero ya no pudo dormir el resto de la noche.

El velatorio

Ese tipo de noticias vuelan, no es necesario leer las notas necrológicas del periódico para enterarse, aunque esta sección del diario es la que normalmente tiene menos lectores. Pero valgan verdades, a cierta edad uno se preocupa un poco más de si nuestros amigos cercanos todavía se encuentran en este mundo o ya partieron, o como se dice a modo de consolación para los deudos, nos llevaron la delantera, porque el análisis de nuestra propia realidad nos lleva a la conclusión que en algún momento, más o menos cercano, nos llegará la hora final. Para llevar a cabo esta especie de monitoreo de supervivencia, se buscan temas de conversación que justifiquen la llamada telefónica a algún amigo o la asistencia a una reunión en algún lugar de encuentros periódicos con el grupo de siempre: que si han realizado alguna actividad fuera de lo común, han alcanzado algún logro, o si a algún hijo o nieto de ellos le ha sucedido algo destacable o cualquier otro tema que permita poder socializar un poco. El asunto se centra en el cálculo de probabilidades que nuestro cerebro mantiene en el sistema inconsciente, o en segundo plano usando terminología informática: cuando uno es joven, es poco frecuente enterarse del fallecimiento de un contemporáneo, mientras que a partir de la llegada de la madurez bien madura y cuando uno se acerca a la vejez, entonces estos eventos se hacen cada vez más repetitivos. Y es por ese motivo que entonces uno empieza a realizar la pregunta de rigor cuando se encuentra con algún conocido "¿Y qué es de la vida de tal?", refiriéndose a alguien relacionado con ambos, y uno se queda expectante en espera que sepa algo, pero que no sea la noticia de que se murió, sino algo como "Se fue de vacaciones a tal sitio", o " Se mudó, está viviendo en tal otro lugar" o "Está muy bien, está trabajando y ganando un montón de plata". De esta forma, uno no solo se entera del estado del conocido, sino que demuestra algún interés por la persona sobre la que se indaga que puede ser interpretado por el interlocutor como que se le pide que si en algún momento se entera de alguna novedad, le avise.

Es una forma de calcular la propia expectativa de vida, pues si la gente cercana y coetánea demuestra estar en buena salud, lo más probable es que uno mismo esté todavía en buenas condiciones y tenga opción de prolongar su tiempo en La Tierra, mientas que si las noticias de fallecimientos comienzan a hacerse frecuentes, entonces la probabilidad que nos toque a nosotros mismos se hace mayor.

Justamente fue por esa buena costumbre de mantenerse grupalmente informado de la situación de las personas cercanas, que Leandro recibió una llamada telefónica en la que un amigo común le comunicaba del fallecimiento de su amigo Edilberto, Edi para los amigos, y "cabezón" para los que lo conocían desde pequeño, o sea él, pues se conocían desde siempre. Luego de contarle los pormenores y circunstancias del trágico suceso, le proporcionó la dirección del velatorio, los horarios y algunos datos extras sobre cómo llegar más rápido evitando la congestión del tránsito que desde hacía años venía aumentando en la ciudad por efecto de la bonanza económica que se estaba viviendo. Bien por el país, pero mal por los que utilizaban el transporte vehicular.

Leandro colgó el teléfono, se quedó meditando sobre la noticia que había recibido. Realmente se sentía impactado no solamente porque Edi tenía su misma edad y eso lo llevaba inevitablemente a sacar conclusiones sobre el tiempo que le quedaba para disfrutar los bienes materiales de los que gozaba, sino porque lo conocía desde la más tierna infancia. ¿Qué tan buenos amigos habían sido?

El primer recuerdo que se le vino a la cabeza a Leandro correspondía a la infancia más infancia, cuando su madre lo llevó por primera vez al nido cerca de su casa a sus tempranísimos cuatro años. Trató de dejarlo así nomás, como si fuera un paquete para evitar el llanto, pero no lo logró. Él se le prendía de la falda y forcejeaba para evitar que su madre camine y se aleje, le gritaba suplicando que no se vaya, se ponía colorado, sudaba, y hacía un espectáculo tan entretenido para los demás niños, que se convirtió en el centro de la atención. Tuvo que venir una de las tutoras para hablarle y convencerlo, traerle juguetitos, contarle cositas, pero sin el mayor resultado. Hasta que de la nada, apareció un chiquito barrigoncito, con ojos que parecían de lechuza, que había estado corriendo por todo el patio y consecuentemente sudaba como chanchito, humedeciendo la camisa y soltando ese típico olor de los niños sudorosos, y se le paró al frente, y lo miró con ojos de loco, con una sustancia viscosa y transparente que le bajaba de la nariz hasta el labio, y un pan a medio comer en una mano, y le dijo:

"Hola, ¿quieres ser mi amigo?"

Se tomaron de la mano y salieron corriendo haciendo ruidos de avión con la boca, chocando con todos los que se ponían a su paso, y riendo. Ya eran amigos, y lo serían por toda una vida.

Todavía estaba a tiempo para ir al velatorio, aunque tal como acostumbraba cuando regresaba de su oficina y no tenía ninguna actividad, se había puesto un buzo para estar cómodo y descansar leyendo un periódico, revista o viendo algún programa de televisión. Decidió entonces que iría a despedirse de su amigo, y para ello sacó del closet una indumentaria aparente: camisa blanca, un terno oscuro, corbata y sus zapatos habituales. Fue a darse un baño y luego a afeitarse, pero mientras hacía este último acicalamiento, se le vinieron más imágenes a la cabeza.

Estaban en tercer grado de primaria durante un recreo, y se habían formado dos equipos para disputar un partido de una especie de fulbito. Las reglas eran muy parecidas al deporte original, pero la gran diferencia es que no se utilizaba pelota, sino una chapita de gaseosa, una piedrita o cualquier cosa que se pudiera patear. Además, lo que fungía como cancha no estaba libre, sino que había chicos de otras aulas desde primero a quinto de primaria conversando, cambiando figuritas del álbum de moda, los más chicos corriendo como locos, otros avanzando o terminando las tareas que no habían concluido y que tenían que entregar en la siguiente clase, y otros muchachos también jugando fulbito simultáneamente en la misma cancha pero con otros arcos, algo que haría dudar de la ley física que dice que dos cuerpos no pueden ocupar simultáneamente un mismo espacio en el mismo tiempo. En esta oportunidad Leandro y Edi, que todavía no era conocido como "cabezón", jugaban en equipos rivales integrados cada uno por dos jugadores, y debían hacer esfuerzos increíbles para no perder de vista la chapita y a la vez esquivar a los otros chicos que estaban dedicados a otras cosas, y simultáneamente tratar de anotar los goles que les dieran el triunfo, en el corto tiempo de quince minutos que duraba el descanso antes de reiniciar las clases. Los arcos eran dos piedritas separadas unos cuarenta o cincuenta centímetros, que debían que ser recolocadas cada cierto tiempo, pues entre tanto párvulo, de tanto en tanto alguien las pateaba y las hacía desaparecer de la escena.

En esa oportunidad, Leandro tuvo la mala fortuna de no poder controlar la inercia por la velocidad con las que se desplazaba rumbo al gol, y fue a chocar justamente contra Alfonso, el abusivo de cuarto de primaria. De nada valieron las disculpas que suplicó un flacuchento Leandro, que miraba al matón con ojos desorbitados por el pánico, quien lentamente giró para ponerse frente a frente y mirarlo con cara de furia y con sonrisa de medio lado, seguramente saboreando el banquete que se daría con el alfeñique que le permitiría mantener su fama de destructor. Como ocurre en estos casos, los demás chicos ávidos por el espectáculo formaron un círculo que haría las veces de coliseo para el combate, por llamarlo de algún modo porque todos sabían que más sería una ejecución. El griterío retumbaba por el patio.

"*¡Mechadera! ¡Mechadera!*"

Leandro, no atinaba ni siquiera a levantar los brazos para protegerse, y de eso aprovechó el matón para darle una furiosa cachetada. Sin embargo, en ese mismo instante, de entre la multitud de observadores salió el gordito Edi para abalanzarse sobre Alfonso y darle un cabezazo en la cara, con lo que el duelo cambió de protagonistas. Pero Edi no era solo voluminoso, era compacto, corpulento y musculoso, quizá por razones genéticas o por lo que sea, pero era un peleador innato de alta performance, para utilizar un término técnico. Alfonso se incorporó aturdido, y ante el asombro de todos, se retiró. Edi abrazó a su amigo que estaba llorando, y se lo llevó. Había nacido un héroe. Los comentarios eran.

"¡Qué tal cabezazo!" "¡Lo paró en una!" "¡Si, el gordo cabezón!"

Leandro recordaba que desde ese momento, su compañero se convirtió en el "cabezón", defensor de los débiles y cada vez más amigo. Terminó de afeitarse y se puso tu terno, la loción para después de afeitarse ahora que ya tenía la cara seca, y un poco de colonia. Repasaba mentalmente lo que había ocurrido, y ahora sacaba conclusiones: Edi utilizó su fuerza sólo para defenderlo, de la que nunca había hecho alarde y de la que nadie estaba enterado, y probablemente ni el mismo porque no había tenido ninguna pelea anteriormente en la que se hubiera mostrado como un gladiador. Y recordó que en ese momento pensó que le debía una y que ojalá tuviera alguna oportunidad para pagársela. Ahora se daba cuenta que se había arriesgado sin medir las consecuencias, había dado el todo por el todo solo por amistad aun cuando pudo ser el propio Edi el que saliera magullado por su acto de valentía.

La devolución al heroico acto la realizó no en una sola entrega, sino en cómodas cuotas, porque lo que poseía Edi de condición física, tal vez lo condicionaba para tener predilección por actividades que demandaran sus capacidades somáticas, y un poco o bastante menos las intelectuales. Exactamente lo contrario de lo que ocurría con Leandro, quien por supuesto, no tenía ningún inconveniente en ayudarlo en las tareas ni en brindarle ocasionalmente clases privadas de matemáticas, física, geografía o lo que le pidiera su amigo. Leandro recordó una anécdota en la clase de inglés, que cada vez que se le venía a la mente lo hacía temblar y a la vez reír.

Estaban en cuarto año de secundaria rindiendo un examen de dicho curso, algo que para Leandro era casi rutinario y para cumplir con el programa de evaluaciones porque en la práctica ya tenía aprobado el curso. Tenía conocimientos suficientes y por si fuera poco, gozaba del don de facilidad para aprender. Mientras que el "cabezón" dependía de esta prueba para aprobar el trimestre.

Edi estaba sentado en la carpeta contigua detrás de Leandro, quien continuamente le hablaba disimuladamente para preguntarle las respuestas, a lo que él trataba de responder sin que nadie se dé cuenta, tratando que el volumen de su voz llegara al mínimo minimorum. Pero justamente por eso su amigo no lo escuchaba, y conforme pasaban los minutos, iba entrando en desesperación. Comenzó a puñetearlo por la espalda para pedirle ayuda, pero él no podía hablar más fuerte porque el profesor se daría cuenta y les anularía el examen a los dos, y no solo eso, sino que llamarían a sus padres para contarles lo sucedido, y todo se haría un tremendo lío. Leandro trataba de voltear la cabeza para que los susurros con las respuestas le llegaran más nítidos. Pero Edi no escuchaba.

En un momento dado, y ante la sospecha que el profesor lo estaba mirando, Leandro volvió la cara hacia el tablero de su carpeta, y ¡sorpresa!, no estaba su examen. Lo único que le dio un indicio de lo que había pasado fue un murmullo que llegó de la carpeta de atrás. *"¡Un ratito nomás!"* Y eso bastó para que desistiera de decirle al profesor lo que le había ocurrido. Sin embargo, quedó a la expectativa de lo que hacía el maestro, si lo miraba o hacía el ademán de pararse del pupitre, o si de repente le daba por caminar entre las filas de carpetas. ¡No tenía nada sobre su carpeta, y si el profesor se percataba, sería el fin! Le sudaban las manos y sentía escalofríos, pero todo ese nerviosismo finalmente fue por nada. Minutos después, Edi, en el momento más oportuno en que el profesor estaba mirando para otro lado, estiró el brazo sobre el hombro de Leandro y devolvió el papel, sin olvidar la buena costumbre de decir *"¡Gracias!"* por el favor recibido, aunque éste había sido tan grande y salvador que no supo regular adecuadamente el volumen. El profesor levantó la cara, lo miró y le dijo:

"¿Qué dice? ¿Qué está hablando? ¿A quién le da las gracias?"
"No profe, gracias a Dios que me sabia las respuestas. Eso nomás."

Lo que generó las risas generalizadas que fueron inmediatamente acalladas por el educador.

Mientras salía de su departamento para abordar su auto, empezó a filosofar si esta ayuda en el examen de inglés valía solo como parte de pago por lo que lo había salvado de la pateadura cuando era chico o es que ya todo había quedado saldado. La intervención de Edi en ese entonces había sido voluntaria, sin dudar en su acción y sin temor a las consecuencias, mientras que en su caso había sido el propio Edi el que sustrajo la prueba sin su consentimiento, y además él siempre estuvo con el temor de ser descubierto, y en ese caso nunca se había puesto a pensar que hubiera hecho si el profesor se hubiera percatado de todo. ¿Hubiera aceptado parte de la culpa? ¿Hubiera delatado a su amigo para salvarse? No, creía que no lo hubiera hecho. Entonces su conclusión final fue que si lo ayudó y aun cuando efectivamente era un pago, sería considerado sólo parcial y correspondiente a una cuota muy pequeña. A pesar de todo, se quedó con la idea que luego de esa anécdota aún seguía en deuda.

Cuando se subió al automóvil, antes de iniciar la marcha, miró el diario que estaba sobre el asiento que mostraba la sección de espectáculos, y leyó el titular que hablaba de un pleito entre una pareja que se había formado durante un concurso de pruebas deportivas, que decía que uno le había sido infiel al otro después de haberse comprometido y jurado amor eterno. Ya había leído varios titulares no solo de personajes de ese programa, sino de otros que tenían corte similar, y lo que se decía era bastante parecido: parejas que se formaban, luego se peleaban, entraba un tercero en discordia, se volvían a amistar, se volvían a pelear y así sucesivamente. Este tema juvenil le hizo acordar otra anécdota con su amigo que ocurrió algunos meses después del episodio del examen de inglés, cuando cursaban el último año del colegio.

Conforme iban pasando los meses de la adolescencia, el biotipo de cada uno de los muchachos se iba consolidando. Mientras que él era alto, atlético, de modales refinados y muy "fashion", casi siempre vestido en forma impecable, con la capacidad de poner sobre la mesa temas de conversación variados e interesantes adecuados para el tipo de público que lo escuchaba, Edi era más bien bajo y seguía siendo regordete, quizá un poco más notorio que antes por su estatura recortada, de aspecto descuidado porque le gustaba mostrar su barba sin afeitar de tres días de crecida para que el Mundo constate su virilidad, pero que complementaba con unos olorosos sobacos por donde destilaba los sudores llenos de hormonas que teñían de un tono amarillento la correspondientes zonas de la camisa. Y es que seguía siendo medio niño y no se perdía ningún partidito de fulbito durante el recreo, quizá obedeciendo a su carácter sanguíneo e hiperactivo. Lamentablemente sus modales también eran bastante toscos, y cuando contaba chistes resultaban groseros y sin gracia, y también en contraste evidente con su amigo, su conversación era monotemática y de vocabulario reducido al mínimo indispensable.

Sucedió que hasta esa época en que había una hermandad entre todos los muchachos del salón, se organizaban fiestas y reuniones a las que todos asistían o al menos todos los que eran sociables y les gustaba juntarse para pasarla bien y alegremente. Y es que la familiaridad que se había generado entre ellos hacía imposible que alguno de ellos, chica o chico, fueran discriminados. La idea de esas reuniones era generar un ambiente que recreaba las horas de descanso en el colegio, o sea, formar grupos que de manera dinámica iban cambiando de integrantes, reírse, contar anécdotas, hacer juegos, y últimamente, cantar y bailar, pero en son de pasar momentos de sana diversión, todos formando una gran familia.

Leandro, fiel a su estilo, siempre iba bien presentado como para la ocasión, mientras que Edi parecía haberse venido de la cancha de fulbito directamente a la reunión, con el aspecto que lo caracterizaba.

En una oportunidad, las chicas del salón estaban organizando una fiesta, pero esta vez tenían otras intenciones. Querían que sea una como en los cuentos de hadas, como la que tuvo la Cenicienta, con buena música, y sobre todo galanes con los que pudieran bailar y tal vez generar una relación sentimental o por lo menos que crear la ilusión de que iban a vivir un ensueño. La primera y más importante. Tendrían que seleccionar a los chicos que cumplieran con el perfil no solamente en el salón de clases, sino entre amigos de barrio, primos y los que fueran necesarios para completar la cantidad necesaria de príncipes para la reunión. Entonces, esta vez la invitación no podía ser abierta, sino dirigida. Y empezaron a aparecer las tarjetitas con nombre propio que eran entregadas sigilosamente por las chicas a algunos de los muchachos del salón. No faltó algún o alguna indiscreta que hizo notar que solo entrarían a la fiesta los que figuraban en lista, de modo que conforme pasaban los días y se acercaba la fecha del ágape, los que no habían sido considerados empezaron a darse cuenta de que por primera vez los estaban discriminando. Aunque había quienes no le daban ninguna importancia al tema, si fue positivamente un duro golpe para algunos, entre ellos Edi, que tenía un sentimiento especial de confianza absoluta por cada uno de sus compañeros que lindaba con la ingenuidad. Nunca se le pasó por la cabeza que pudiera ser no considerado para una algún evento ni tomado en cuenta para una reunión del salón que él siempre conceptuaba como de confraternidad, ni se imaginaba lo que era una realidad, que en algún momento todos pensaran egoístamente en sus propios intereses. Y eso le chocó. Era de los pocos que no alcanzaban el estándar requerido.

El día de la fiesta Edi se quedó en su casa, viendo televisión. Su buenos sentimiento habían hecho que ya hubiera perdonado el desaire que le habían hecho y en ese momento lo había olvidado. Estaba viendo un programa de televisión cuando tocaron el timbre. Cuál no sería su sorpresa cuando al abrir la puerta se encontró a Leandro, que lo único que atinó a preguntar fue:

"¿Cómo? ¿No te habían invitado? ¿Qué haces acá?"

Y entonces Leandro le dio una respuesta que podría ser una de aquellas agudezas que de vez en cuando sueltan los pensadores y que dejan a la gente meditando sobre los alcances de la frase. Mientras acomodaba los mandos del X Box para iniciar un partido de fútbol virtual, le dijo:

"Si, pero las chicas pasan y los amigos quedan."

(Si los protagonistas hubieran sido mujeres, la frase pudo haber sido *"Si, pero los chicos pasan y las amigas quedan."*, y hubiera sido igualmente válida. Todos contentos, no juzguen al autor, esto es sólo un cuento.)

Nuevamente la mente de Leandro regresó al momento actual. Encendió el auto y decidió que esa vez si había hecho un pago sustancial de la deuda a su defensor. Enrumbó hacia el velatorio despacio, no había apuro. Pensando un poco más en su amigo, le parecía irreal que ese muchacho tan dinámico ahora hubiera pasado al estado inerte, era algo casi increíble. Repasaba nuevamente la época escolar que la habían disfrutado prácticamente siempre juntos, y luego la juvenil fuera ya de las aulas en la que siguieron caminos separados, cada uno en lo suyo.

Una vez más entró en el túnel del tiempo. Varios años después se habían encontrado. Más bien Edi lo fue a buscar a casa. No había sabido nada de él durante mucho tiempo, salvo que su amigo estaba integrando una banda musical y se había ido a una gira por provincias para hacerse famoso.

"¡Oye! ¡Que te pasó! ¡Te desapareciste del mapa!"
"Estuve con mi banda, Los Guajiros, de gira por provincias, y hasta nos fuimos al extranjero y hemos recorrido varios países, pero ya regresamos. Lo que pasa es que necesitamos renovarnos para seguir creciendo."

Leandro había sentido un poco de envidia por su amigo, por su vida tan activa y variada, mientras que él, siempre timorato, había preferido la seguridad de un empleo, trabajando lo mejor posible para asegurarse en el puesto y tener opción a eventuales ascensos dentro del escalafón que le permitieran también mejoras económicas, pero al costo de pasar días y días monótonos e iguales, y a veces bastante aburrido, aunque gracias a ese estilo de vida había conseguido el objetivo que siempre le había preocupado de estabilizarse. Edi sí que estaba viviendo con adrenalina, arriesgándose cada día. ¡Salir del país con una banda mamarrachenta de músicos!

Edi empezó a contarle las aventuras y peripecias que había tenido que pasar en esos años. Cómo habían sobrevivido saliendo del país con prácticamente lo que tenían puesto, los éxitos musicales y la forma en que eventualmente habían llegado a triunfar y luego la caída que los había regresado nuevamente al mismo nivel de donde habían comenzado, aunque con un par de producciones musicales que todavía seguían siendo escuchadas en el extranjero. Edi le aseguró que ya había aprendido cómo transitar el camino hacia el éxito, pero que para eso necesitaba hacer una inversión que le daría réditos casi inmediatos. Debía adquirir instrumentos musicales para la banda y también en un poco de publicidad y eso era todo, volvería a la cima.

Sin embargo, no tenía los recursos para hacerlo solo, y para eso había venido a buscarlo, para pedirle un préstamo de una suma bastante importante, pero que le sería devuelta muy pronto, que no se preocupara. Hablaba como siempre con mucha convicción y energía, de modo que no dejaba dudas de que realmente estaba en capacidad de hacer lo que decía. Leandro lo miraba, y veía al mismo de siempre, energético y soñador, con proyectos que defendía con seguridad inquebrantable, pero que viéndolos bien no tenían una base sólida en qué sustentarse. Era su amigo, no podía negarle la ayuda.

Al día siguiente se fueron al banco a sacar el dinero. Leandro se lo entregó en la mano, simplemente repitiéndole cual era el compromiso. Entre ellos no era necesario contratos ni papeles escritos y firmados. Ninguno de los dos ni siquiera lo insinuó porque hubiera sido como ofender a su gran amistad:

"Me lo devuelves lo más rápido, mira que yo también lo necesito."
"Claaaaro, vas a ver que en menos que lo que piensas, te lo devuelvo y además con un extra por la molestia."

"Nada de molestias, me basta con que me devuelvas la plata."

Pero luego de ese encuentro, Edi se hizo humo otra vez, y nuevamente no dejó rastro.

Pasaban los años y Leandro ya hasta había dejado de esforzarse por ubicar a Edi. Pasó mentalmente la deuda de la cuenta de cobranza dudosa, a la de incobrable. *"¡Que tal amigo!, había sido un sinvergüenza aprovechándose de la amistad."*, pensaba de vez en cuando. Pero un día seguramente signado por la constelación de astros o de la luna o algo, empezaron a suceder hechos coincidentes. Primero, mientras iba a trabajar en su auto, escuchando música para disipar la angustia de manejar en un tránsito caótico, se percató que el conductor del programa anunciaba la canción que se había puesto de moda: *"¡Y ahora, el hit del momento! ¡El tema que ha alcanzado los primeros lugares en los países de la región! ¡El Bum bum bum del grupo nacional Los Guajiros!* (Esto fue lo segundo, el nombre del grupo musical de su amigo.) *¡Ellos acaban de regresar de un tour musical de tres meses por Europa cosechando primeros lugares y hoy estarán con nosotros para una entrevista exclusiva! ¡Edi y sus muchachos!"*. Finalmente, estaban en la ciudad.

Parecía referirse a la misma persona que conocía. Difícilmente se podía producir homonimia tanto del líder de un grupo musical como también de la banda. Al menos, ya lo tenía localizado.

Volviendo a la época actual, Leandro seguía manejando su auto hacia el velorio. Pero este último recuerdo, lo hizo sonreír.

Esa misma noche en que escuchó la canción de su ¿amigo?, sonó el timbre de su casa: ¡Era Edi!, que simplemente lo abrazó y empezó a hablarle como que se hubieran despedido el día anterior. A contarle todo lo que había pasado desde que le prestó el dinero.

"A propósito, antes que me olvide, aquí te lo devuelvo." Y le entregó un paquete con un fajo de dinero. También le había traído una bolsa

con recuerdos de muchos países. ¿Qué quedaba hacer ante eso? Simplemente borrar el lapso en que se había desaparecido y retomar la amistad como si nada hubiera pasado.

Leandro llegó a la iglesia y preguntó por el velatorio. Era un momento muy emotivo porque se empezaba a dar cuenta, a sentir en el alma lo que iba a ver cuando entrara, y comprender que sería la última vez que tendría cerca a Edi.

Antes de ingresar al velatorio, nuevamente hizo memoria. Cuando ocurrió el reencuentro, las cosas ya habían cambiado. Leandro ya estaba casado y con hijos, y ya no podía seguir el ritmo que su amigo le quería imponer para divertirse. Aunque no dejó de ir a varias presentaciones de los Guajiros y de otros grupos musicales amigos, la relación entre ellos se hizo un poco distante, pero no menos íntima. De una manera un poco más informal, Edi también tenía pareja e hijos, pero su vida era diferente, bohemia, movida, nómade. Era un tipo lleno de energía y cinética, que no podía estar quieto nunca. Hoy podía estar aquí y mañana fuera del país.

Eran dos caracteres disímiles.

Leandro no pudo dejar de reír con una ocurrencia de su amigo en uno de sus conciertos a los que asistió hacía pocos meses: como venía ocurriendo desde hacía mucho tiempo, el local estaba lleno porque el show era bueno y los artistas invitados muy reconocidos, incluyendo a Edi y sus Guajiros. En el intermedio de una canción, Edi se dirigió muy ceremoniosamente al público para anunciarles:

"¡Señoras y señores! ¡Estimado público! ¡Hoy nos enorgullece tener entre nosotros a un gran guitarrista que acompañará a este su grupo favorito en el siguiente número que les presentaremos! ¡El internacional Leandro! ¡Y todos a bailar!"

Con las mismas, bajó del escenario, se dirigió donde su amigo, y lo cogió firmemente del brazo para llevárselo hacia el escenario.

Leandro quería zafarse, pero siempre Edi había sido más fuerte, y además no quería hacer escándalo. ¿Qué locura se le había ocurrido a su amigo?

Lo instaló en medio del grupo y le dio una guitarra.

"Sólo haz como si tocaras, esa guitarra no suena.", le susurró.

Y se la pasó como diez minutos haciendo mímica, al comienzo tímidamente y estático como una estaca, pero después fue agarrando confianza y ritmo y empezó a girar y evolucionar imitando a su amigo. Y hasta en algún momento se sintió verdaderamente parte del espectáculo.

Leandro ingresó al velatorio y le dio las condolencias a la esposa e hijos. Y luego, contra sus costumbres, se acercó al ataúd para darle una última mirada a Edi. Caminó pausadamente tratando de no hacerse notar y cuando estuvo a la altura del visor del ataúd vio a su amigo. Estaba inmóvil, estático, inerte, serio, sereno, no estaban los ojos saltones ni la boca siempre sonriente pronunciando palabras y palabras, contando anécdotas y cosas que le habían sucedido en su electrizante vida, pero inventando otras, de modo que no se podía saber cuáles eran reales y cuáles no. Posiblemente ni siquiera Edi lo sabía.

Leandro movió la cabeza suavemente de lado a lado como negando.

"Este no es mi amigo."

Y se fue con los ojos enrojecidos.

El vengador

Como fue el caso de algún súper héroe de los cómics, pero también de muchísimas personas de la vida real, Julián tuvo una experiencia escalofriante y que lo marcó para siempre.

Una noche de verano, a sus dieciséis años, estaba en su habitación descansando despreocupadamente sobre su cama, cuando súbitamente oyó ruidos de violencia en la sala de su casa, como que había cosas que se estaban cayendo y destrozándose. Y finalmente, detonaciones que no había que ser un experto para darse cuenta de que eran balazos.

En un primer momento, el susto lo paralizó pues se habían encendido sus mecanismos de defensa y el instinto de conservación, que lo llevaron a inmovilizarse y agudizar sus sentidos para tratar de identificar qué estaba sucediendo. Luego, escalofríos, adrenalina en cantidad suficiente para hacerlo salir del letargo, y finalmente la fuerza de voluntad para decidir que tenía que ir a ver lo que estaba pasando. Y así fue que con alguna rapidez, pero con extrema cautela, salió de su cuarto con rumbo a la sala donde aún se percibía movimiento, para finalmente encontrarse con dos hombres que apresuradamente se estaban llevando algunos enseres de la casa que tenían cierto valor. Si, dos ladrones habían ingresado a su hogar y se estaban llevando las cosas. Cuando se vieron las caras con uno de los facinerosos, dio la impresión de que todo había terminado, porque el delincuente salió raudamente junto con su compañero escapando por la puerta principal que estaba abierta. La verdad es que vivir en una quinta tenía sus ventajas, pues aunque les restaba privacidad a sus vidas pues todos escuchaban y veían lo de todos, por otro lado, lo favorable se producía cuando ocurrían cosas como la que estaba viviendo en ese instante, en que paralelamente a su llegada a la sala, empezaron a escucharse voces y gritos de los vecinos que habían oído lo que estaba pasando, y ante su cercanía que fue percibida por los maleantes, éstos decidieron huir.

Pero ¿y los disparos? Fue la parte trágica del evento.

Cuando Julián se acercó un poco más hacia la sala, vio los cuerpos de sus padres que yacían en el suelo, ya inertes. Habían sido asesinados durante el robo. En ese momento, el muchacho no sabía qué hacer, como proceder, a quién acudir. Estaba totalmente desorientado. ¿Salir a buscar ayuda? ¿Tratar de reanimar a sus padres? ¿Llamar por teléfono a la policía o a los bomberos o al serenazgo? No, estaba totalmente bloqueado, en shock.

Afortunadamente, por decirlo así y dentro de esta desgracia, los vecinos se comportaron de la manera más humana posible: unos entraron a la casa y lo retiraron de la sala llevándolo a su dormitorio, y hablándole para calmarlo y hacerlo reaccionar. Otros llamaron a la policía y a emergencias del hospital para que envíen una ambulancia, también se comunicaron con serenazgo y los bomberos, previendo que la ambulancia pudiera demorar en llegar. Claro que ya era tarde para los padres del chico, pero se puede decir que lo que debía hacerse, se hizo.

Alguno de los vecinos, seguramente quien tenía mayor cercanía a sus padres, llamó a familiares para que vengan a apoyar, y fue así que un tío de Julián se puso en camino inmediatamente para darle el respaldo que en ese trágico momento necesitaba, y ocuparse de los trámites que corresponden a estos sombríos acontecimientos.

Del lado exterior de la casa se escuchó un griterío: ¡habían capturado a los asesinos! Y les estaban dando una golpiza. Hasta que llegó la policía y los rescató de una muerte segura que les iba a ser aplicada por la justicia popular, enceguecida de ira por el crimen sin sentido que habían cometido. Tal vez el linchamiento se originó por la sensación colectiva de impunidad que se observa diariamente en los medios de comunicación, donde se aprecia que muchas veces la delincuencia no paga por sus fechorías. Afortunadamente para los asesinos, los vecinos no pudieron consumar su ejecución.

Pasó el tiempo, y como es natural, la vida continuó. Tanto para cualquier persona, sin importar lo que ocurra durante su vida, como para Julián, la única alternativa para seguir viviendo era adaptarse a la nueva realidad, y así fue como tuvo que mudarse a vivir con sus tíos y primos, y con el apoyo de su familia siguió una carrera universitaria y pudo convertirse en un profesional con toda la capacidad para labrarse una vida independiente. Pero para subvencionar lo necesario para alcanzar este fin, su casa tuvo que ser vendida luego de interminables trámites y gestiones de herencia intestada pues el dinero sería utilizado en su manutención y para sufragar sus gastos para sus estudios y otras necesidades que nunca faltan.

Los delincuentes luego de un juicio que duro cerca de tres años, fueron condenados a 15 años de prisión, considerando los agravantes y los atenuantes del caso, pero finalmente, con los beneficios carcelarios y otras rarezas de nuestro sistema de justicia, saldrían de prisión a los 7 años.

Cuando recibieron la condena, Julián hubiera querido apelar para que ésta se convirtiera en cadena perpetua, pero el pragmatismo de su tío le aconsejó que no era conveniente, porque significaría invertir tiempo y recursos en la contratación de abogado, para un asunto que ya no podía remediarse. ¡Tan desilusionado estaba de la justicia en el país!

Julián, que había asistido a todas las audiencias y actuaciones judiciales, no quedó muy convencido, pero aceptó el consejo y dejó el tema, para dedicarse a su vida, o al menos dio la impresión de que ya había volteado la página del infortunio y quedado conforme con la sanción a los delincuentes.

Por esos días, otra familia que vivía en la misma calle, pero a unas dos cuadras, los Ramírez, celebraban el nacimiento de su tercer hijo, y todo hubiera sido felicidad, sino fuera porque la madre empezó a presentar signos de alteraciones mentales producto del atavismo hereditario. Algo leve, pero que por momentos se traducía en eventuales y esporádicas actitudes violentas incontroladas y sin razón aparente no solo contra sus familiares, sino contra cualquier persona que se le acercara.

Sin embargo, la familia daba la apariencia que vivía una vida absolutamente normal. El padre proveía de los recursos producto de su trabajo, y la madre se ocupaba de la casa y de sus hijos. Y en las tardes y los fines de semana ambos asumían conjuntamente el rol de criar y fomentar a los pequeños.

Todo iba muy bien hasta que ocurrían esas por el momento infrecuentes peleas conyugales, que por otro lado podrían considerarse como lo más normal del mundo en cuanto eran desavenencias entre parejas que son inevitables, pero con el agregado que con el paso del tiempo, se empezaban a volver más seguidas y exponencialmente más violentas. Lo normal sería que cuantos más años de convivencia tuviera una pareja, y también con el avance de la edad cronológica, se aprendiera a comprender más al compañero o compañera y a comportarse cada uno en forma más madura y reflexiva. Pero en este caso no era así, debido a al problema sicológico de la esposa.

Esto hacía que él se alejara cada vez más, y con el tiempo no pudo evitar encontrar fuera del hogar una relación extramatrimonial que aparecía como más amistosa y cariñosa, detalles que hacía tiempo él extrañaba en su propia familia.

El caso de la familia Fernández, también residente cercana, aunque no se le podría considerar como vecina al hogar que había acogido a Julián porque se encontraba a varias cuadras de distancia, era totalmente distinto. En principio porque era difícil poderlos concebir como una familia pues sólo constaba del padre y su hija de nueve años. La madre había fallecido muy sensiblemente durante el parto, de modo que él tuvo que multiplicarse para poder criarla, ejerciendo su rol y el de su extinta pareja en la medida que le era posible. Desde el primer día de su nacimiento, se dio cuenta que tendría que sacrificar su individualidad por el bienestar de su hija, tendría que perder oportunidades de trabajo y de diversión en favor de cumplir con ella y suplir adicionalmente la ausencia de la figura materna, o al menos hacer lo que mejor pudiera.

Cuando la niña era bebita, el padre la llevaba a la casa de la abuela para que esté durante el día, y él poderse ir a trabajar. Luego en la tarde regresaba para recogerla y llevarla a la casa porque tenía la idea que aun cuando la abuelita no tenía ningún inconveniente de atender a su nieta, sería injusto abusar de esa buena predisposición cuando a la buena mujer le tocaba gozar de la mejor manera su vida luego de haber cumplido con su rol maternal con sus propios hijos. Él se sentía obligado con su hija, consideraba que era su deber ineludible e indelegable alimentarla, educarla, fomentarla y también cuidar de su aseo, ropa, etc. Afortunadamente, su casita, aunque pequeña, era suficiente para ambos. Además, tenía contratada una persona para que haga el servicio de limpieza y cocine algo para él. Y otra persona que iba los sábados para el lavado de ropa. Él tenía que encargarse de la supervisión de estas labores.

Cuando la niña alcanzó la edad escolar, tuvo que cambiar la rutina. Esta vez para llevarla al colegio en las mañanas, y luego salir de la oficina al mediodía para recogerla y llevarla a la casa, donde la dejaba sola por unas horas hasta que regresaba al final de su jornada. Además, tenía que hacerse de tiempo para asistir a las reuniones escolares y a las actuaciones que nunca faltan por el día de la madre, del padre, maestro, día del colegio, clausuras, y cualquier otro motivo que el colegio consideraba pertinente y organizaba con la finalidad de generar socialización entre padres de familia, maestros y los propios alumnos. Aunque le demandaba tiempo y esfuerzo, él tomaba el tiempo invertido como algo favorable porque le permitía ver a su hija en sus actuaciones, apreciando cada año que pasaba, como cambiaba y pasaba de niña a adolescente. Pero sobre todo, brindarle su presencia que le daría a su hija esa sensación de pertenencia y protección, estrechando los lazos filiales.

Pasaron los años y Julián se había convertido en un hombre de veintitrés años, estaba terminando sus estudios universitarios, pero también se había convertido en verdadero atleta. Se había cultivado en los deportes, era asiduo asistente al gimnasio y también a la academia donde practicaba el arte de la defensa personal. En este aspecto destacaba por su empeño y constancia, y era uno de los mejores, sino el mejor, de su grupo. Aunque por otro lado era una persona absolutamente pacífica. Sus amigos se preguntaban cuál podría ser su motivación para esforzarse tanto en el aspecto físico, si por otro lado era incapaz de matar una mosca, y mostraba un carácter muy dócil y hasta se le podía calificar de retraído.

Es que nadie sabía lo que pasaba por su mente. La escena de sus padres yaciendo inertes en la sala nunca se borraría de su mente.

Nunca estuvo conforme con la condena tan benigna que les dieron a los asesinos de sus padres. Cuando asistía a las diligencias judiciales, se memorizó sus rostros, y demás señas, y tenía la dirección de sus domicilios que aparecían en los expedientes judiciales. No había olvidado, no había perdonado. En los últimos años, se había enterado de la existencia de los llamados "beneficios penitenciarios" que permitían que un criminal pudiera reducir su condena, y eso lo tenía en guardia y alerta. Mediante contactos en la prisión, se mantenía informado de lo que hacían esos individuos. Y ya sabía que en varias ocasiones los abogados de esos indeseables habían presentado expedientes para reducir su condena y que pudieran salir libres.

Eso no le interesaba, que salieran antes de prisión para él era lo de menos. Al contrario, esto sería lo más favorable para lo que pretendía. Lo único que se iba a lograr con eso es que adelantara sus planes de venganza. Sí, para eso se había estado preparando tanto tiempo.

Hasta que por fin tuvo la noticia final que estaba esperando: los reos habían cumplido con los requisitos para obtener semi libertad, y su expediente sería tramitado en los próximos meses, de modo que en alrededor de seis meses estarían fuera de prisión y por fin quedarían a su alcance.

Eso le daba tiempo más que suficiente para planificar lo que iba a hacer, el lugar, el día, la hora, la ruta de escape. Cómo procedería con el primer asesino, y luego ir al encuentro del otro. ¿Era preferible así, por separado? ¿O era demasiado riesgoso ¿Era conveniente enfrentarlos cuando se encontraran juntos? Lo que si era claro es que tenía que ser en un solo acto: los dos en el mismo día, en el mismo lapso, uno inmediatamente después del otro. No le daría oportunidad a ninguno de ellos a escapar, a esconderse.

Sin embargo, esta situación lo hacía meditar. Su alma noble le hacía pensar en otras personas indefensas, como él lo había sido hacía siete años, que necesitaban ayuda en un instante dado, y no cuando las desgracias ya hubieran ocurrido. Y en esos momentos, se le venía a la mente los comics de superhéroes que solía leer, y que terminaban siempre con la derrota de los malignos cuando los primeros aparecían en defensa de los inocentes.

Lo único que le quedaba era seguir planificando su acción, y reforzar su preparación física y mental.

En la casa de los Ramírez, las cosas iban de mal en peor. La sicosis de la mujer iba en aumento, las peleas se hacían más intensas, y la vida del hogar cada vez más insoportable. Pero ¿es que nadie se daba cuenta que parte del problema era un tema de enfermedad de la mente que debería ser tratada por un especialista? En todo caso, la solución final de esta situación de no darse el adecuado tratamiento médico sería la separación, el divorcio. Pero eso llevaría a la disputa por la tenencia de los hijos, lo cual complicaba más la decisión que debía tomarse.

Cuando él le planteó a su esposa esta opción, la reacción fue mucho más violenta, con agresión física y verbal sin precedentes. El término "la otra", o "la querida" era el de más bajo calibre. Los hijos, asustados, se escondían en los dormitorios, pero no podían evitar escuchar la pelea. El marido se vio obligado a optar por retirarse de la casa, hasta que las cosas se calmaran. Pero en el fondo y considerando las terribles vejaciones que habían ocurrido, así como la afectación mental de la mujer, esto ya no ocurriría nunca, era previsible que ya nunca habría paz. Se había traspasado el límite del no retorno. Todo había terminado como relación de pareja y ambos lo sabían, sobré todo él que sufría permanentes agresiones. Cada vez que regresaba, volvían las amenazas de la mujer, incluso de matarlo, matarse y cualquier otra locura si no abandonaba la idea del divorcio. Pero ya no había posibilidad de regresar en el tiempo a la época en que comenzaron su relación o al menos cuando ésta era más normal. Las cosas habían ido demasiado lejos.

En la casa de los Fernández, la situación era diferente. El padre veía a su niña convertida en una atractiva adolescente, moderna, contestataria, y que además, a pesar de que guardaba distancias de su padre como lo hacen todos los jóvenes tratando de demostrar su ansia de independencia, no dejaba de demostrarle el fuerte lazo de amor que los unía, y lo engreía y le daba siempre tales muestras de cariño, que el hombre se sentía realmente feliz. Y con la idea que el tiempo que había invertido en ella no había sido en vano. Incluso, la chica a su corta edad, en alguna conversación le había sugerido que debía conseguirse una pareja. Que ella estaría de acuerdo porque no le gustaba verlo solo, y además ella ya podía ocuparse de sus propias cosas, de modo que le pedía que le dedicara más tiempo a sí mismo.

Finalmente llegó el día de la liberación de los criminales. Aunque no hubo cobertura mediática sí estuvo presente Julián, observando oculto y rabioso como ambos salían con la sonrisa en los labios, como si nada hubiera ocurrido. Era el momento de ejecutar el plan vengador. Como lo había previsto, los familiares y amigos los habían ido a esperar en la puerta de la prisión para recogerlos y llevarlos a una reunión en el barrio, pollada, que le dicen, pero con abundante licor, para celebrar el acontecimiento que estuvieran nuevamente libres por las calles. ¡Cómo era posible que ocurriera esto, si más bien, la sociedad debería mantenerlos censurados para siempre!

Él los siguió a una prudente distancia en un auto que había alquilado, de un modelo antiguo y algo deteriorado de forma que no llamara la atención, hasta que llegaron al sitio donde les habían organizado la reunión de bienvenida, ¡que sarcasmo! Entonces, verificó que ambos delincuentes bajaran del auto y se quedaran en la reunión. Habían cerrado la cuadra para que la fiesta se desarrollara en la propia calle y algunas casas permanecían con las puertas abiertas, que era de donde traían las viandas, el trago, y también donde estaban los servicios higiénicos y además donde el que así lo deseara podía darse un tope con cocaína o marihuana en forma privada, de modo que algún agente policial o del serenazgo que pudiera estar eventualmente por los alrededores, no tuviera alguna oportunidad ni justificación para intervenir y malograr el evento. Entonces Julián se retiró del lugar, según lo planeado, para regresar dos o tres horas después, cuando la fiesta ya estuviera comenzada y ya hubiera pasado el momento de su apogeo y más bien ya estuviera "en bajada", y como era de esperarse, con la mayoría de los asistentes bastante ebrios.

Como a las tres horas regresó al sitio en transporte público, vistiendo ropas adecuadas para la ocasión que no desentonaran, y unas gafas oscuras anchas muy de moda, para poder vigilar sin que se pudiera advertir lo que estaba mirando, y no despertar sospechas. Se mezcló con las personas que a esas alturas estaban ya en el declive de la fiesta y con la borrachera encima, de modo que pasó totalmente desapercibido.

Lo primero que tenía que hacer era ubicar a sus objetivos, lo cual hizo sin mayor dificultad. Todo había sido planificado con la precisión de un sicario experimentado, como los que aparecen en las mejores películas de acción. Pero esto era la vida real así que debía tener mucha sangre fría. Finalmente los localizó. Luego se quedó observando sus movimientos para buscar el momento oportuno, el cual no tardó en llegar.

Ambos, en un momento dado, entraron abrazados y tambaleantes a una de las casuchas, y Julián detrás de ellos a prudente distancia.

Como podía esperarse, el interior era un verdadero antro de vicio: parejas totalmente ebrias o teniendo relaciones sexuales en la forma más promiscua, otros desparramados por el piso vomitando o convulsionando, o ya dormidos, otros jalando cocaína o fumando porquerías. Ni en la imaginación de un productor cinematográfico se podría haber recreado un ambiente tan decadente.

Uno de ellos se sentó en un sillón a descansar, mientras fumaba un troncho y observaba con ojos perdidos lo que ocurría a su alrededor. El otro siguió tambaleante hacia el baño.

Era el momento esperado, como si hubiera sido planificado y estuvieran cumpliendo un libreto. Era la oportunidad que, aunque no había sido prevista, no dejaría escapar. Era el momento preciso y seguramente no habría otro igual.

Se puso unos guantes de cirujano y metió la mano en su bolsillo, para empuñar un filoso cuchillo, y se acercó al baño. Con toda la potencia de su musculoso cuerpo, dio un empujón a la puerta que cedió con facilidad. Lo demás fue muy rápido. Tomó al tipo de la cabeza con el brazo izquierdo, mientras con el cuchillo le cortó de un solo tajo todo el cuello, seccionando la aorta de la que empezó a brotar un chisguete de sangre. Lo soltó suavemente para evitar ruidos y salió cerrando cuidadosamente la puerta. De más decir que el tipejo tanto por la profunda herida como por el estado de intoxicación en que se encontraba, solo quedó en el suelo tendido esperando la muerte sin reacción alguna.

Luego se acercó hacia donde dormitaba el otro criminal, le tapó la boca con la mano izquierda, y con la derecha le clavó el cuchillo en el corazón, que quedó como una estaca, pero que tuvo el cuidado de tapar con una prenda que alguien había dejado tirada. La muerte fue instantánea y sin ruido. Luego Julián se sacó los guantes con toda tranquilidad y los arrojó despreocupadamente, y salió de la casa silenciosamente, sin que nadie se percatara de lo ocurrido. La gente alrededor ni siquiera volteó la cabeza para mirarlo, no se dieron cuenta que existía ni que en algún momento estuvo ahí ¡tan llenos de alcohol y drogas estaban!

Entonces Julián se fue caminando hacia su casa, que aunque quedaba bastante lejos, realmente muy lejos como para ir a pie, sentía la necesidad de disfrutar del momento de justicia que le había tocado vivir. Tenía la sensación de que había hecho lo que le correspondía a cualquier ciudadano de bien, lo que cualquier persona con altos valores realizaría en favor de la sociedad, esto era, eliminar a individuos indeseables y tóxicos, para que ésta sea mejor para todos. Y pensaba que si no sólo él sino muchas personas aplicaran la filosofía que lo que había llevado a realizar el ajusticiamiento de esos delincuentes, en muy poco tiempo la sociedad estaría libre de criminalidad. La ciudad debería protegerse sin hipocresías, la sociedad debía defenderse, pero con acciones concretas y no con filosofías debiluchas que lo único que lograban era la impunidad y el incremento de robos, asesinatos, violaciones y todo tipo de maldad.

El señor Ramírez acababa de llegar a su casa. Como casi todos los días, luego de terminada la jornada en su oficina, utilizaba el mayor tiempo que podía para pasarla con su amante, o quizá era solamente el pretexto para evitar llegar a su casa y que ocurriera lo que ya sabía: otro pleito a gritos. Pero lo que no sabía era que esta vez sería diferente, peor. Su esposa que ya estaba enterada de la existencia de su nueva pareja y que a pesar de las violentas discusiones era claro hasta para ella que ya no habría recomposición familiar, había entrado en un delirio de furia, dolor y locura. Lo estaba esperando para realizar la escena más explosiva que estuviera en línea con la nueva actitud que había desarrollado, aunque no había preparado una acción concreta, su estado emocional haría que esta sea seguramente nueva, impresionante, aleccionador, definitiva, que sería un escarmiento que su esposo nunca olvidaría.

La puerta de la cocina daba a la calle y había una amplia ventana que permitía a la enajenada mujer vigilar el momento en que llegaría su esposo. Dos de sus hijos menores estaban en esa misma habitación viendo televisión y el mayor estaba durmiendo en su cuarto, y ella estaba sentada inmóvil mirando hacia la ventana. Cuando de pronto lo vio llegar, y ambos se miraban mientras el sacaba la llave de la casa para entrar a su consabido suplicio. Pero esta vez ella tenía una mirada diferente, desencajada, demente, como un presagio de lo que se vendría. Tomó un cuchillo que había sobre la mesa y le lanzó un tajo a uno de sus hijos que cayó al suelo en una explosión de sangre, y luego otro tajo al que estaba sentado, que le cortó la cara. El chico dio un alto hacia la pared, estupefacto. Ambos niños empezaron a llorar mientras que la enloquecida madre continuaba lanzándoles cuchillazos a diestra y siniestra. El hombre, presa de desesperación por lo que estaba viendo, rompió la puerta de un solo empujón y se abalanzó sobre la mujer, la cogió del cuello y le pudo arranchar el cuchillo.

En ese momento pasaba Julián por el frente de la casa y vio la escena en milésimas de segundo. Chicos en el suelo ensangrentados, una mujer también manchada de sangre y un hombre corpulento tomándola del cuello y con un cuchillo en una mano.

Ante esa imagen, la deducción de lo que estaba pasando era obvia. Movido por los sentimientos más nobles decidió intervenir. Ingresó a la vivienda velozmente y tomó otro cuchillo. Agarró al hombre por el pelo y, como lo había hecho horas antes, le cortó el cuello de un tajo. El hombre se desplomó, y la mujer y los chicos quedaron paralizados.

Tranquilamente limpió en cuchillo, y salió de la casa con la sensación del deber cumplido.

Pero ese día tenía más cosas preparadas para él. La situación bizarra que había ocurrido no sería la única. Aparentemente el destino le estaba jugando una broma macabra.

La chica Fernández regresaba a su casa luego de estar donde unos amigos, mientras su padre se daba un duchazo antes de acostarse. En el momento en que abría la puerta de su casa para entrar, no se percató que la habían estado siguiendo y justo en el instante en que estaba ingresando a su casa sintió un violento empujón que la hizo caer dentro de la casa, sobre la mesa de centro.

Era un fumón de esos que eventualmente están vagando por las calles que en ese momento se encontraba totalmente embrutecido por la droga, que a la vez había despertado sus instintos carnales más salvajes, sin medir la consecuencia de lo que estaba haciendo. Ella se volteó y saltó como un resorte para defenderse, pero solo consiguió recibir un violento puñetazo en la cara que la dejó fuera de combate, y ya tendida en el suelo, el maleante aprovechaba para sacarle los pantalones y la ropa interior para luego abalanzarse sobre ella.

En esos mismos segundos, el padre alertado por los ruidos salió rápidamente del baño poniéndose lo más rápido que pudo sólo una trusa, pues no tenía idea de lo que iba a encontrar en la sala.

Cuando llegó apresuradamente, no hizo sino pegar un grito para que el cobarde saltara e intentara huir. Solo consiguió darle un golpe antes que escapara por la puerta como una rata asustada, con una velocidad y plasticidad sobrehumana.

Inmediatamente, el hombre se acercó donde su hija que yacía inconsciente en el suelo para reanimarla y volverla a vestir.

Pero la fatalidad rondaba ese día por la ciudad. Nuevamente Julián pasaba por la puerta de la casa, y aún con la adrenalina de lo que acababa de suceder, no se dio tiempo para pensar sobre lo que estaba viendo. Si se hubiera detenido un par de segundos, probablemente hubiera cambiado la interpretación de los hechos, y se hubiera dado cuenta de lo que realmente estaba pasando. Pero no, se guió simplemente por los instintos y la primera impresión. Vio una chica tendida sobre el suelo, con algo de sangre en la boca, desfallecida y casi inmóvil, un hombre inclinada sobre ella jaloneándola frenéticamente. Tuvo la impresión de que era un agresor abusando de la muchacha, o un delincuente haciendo algo parecido a lo que ocurrió en su casa el día que asesinaron a sus padres.

Entró violentamente a la casa y tomando un pesado florero que encontró en el piso, lo reventó violentamente contra la cabeza del hombre, que cayó inconsciente, y luego un segundo golpe con lo que quedaba del artefacto para asegurar que había vencido al enemigo.

Luego se incorporó con una sonrisa en los labios. Se dirigió a la puerta y se fue caminando. Pensaba en cuánta justicia se puede impartir cuando se presenta la oportunidad, cómo no es tan difícil vencer al mal si se hace con decisión y sin temor. Se sentía un héroe, un superhéroe de comic. Y pensaba que de ahora en adelante tenía una labor que cumplir en defensa de la ciudadanía.

Y siguió en camino hacia su casa.

Ingeniería biológica

Digamos que su infancia había transcurrido «normal» para un chico que era brillante en el colegio y un poco retraído en la vida social. Prefería estar en casa que con amigos y solo practicaba deporte cuando por obligación tenía que asistir a las clases de Educación Física. A pesar de no ser el gracioso, el vivo, el guapo, el valiente, el matón de la clase, Rudecindo era muy respetado. Y no solo por los chicos y chicas de su aula, sino por todos los alumnos y profesores.

Con suma facilidad resolvía los pasos y exámenes de todos los cursos. Cuando había un concurso interescolar de Ciencias, Literatura o lo que fuera que requiriera del uso del cerebro, él los representaba y era casi seguro que trajera algún premio, si no la medalla de oro.

Su casa era bastante grande y tenía un jardín interior amplio, donde siempre que tenía tiempo libre se podía encontrar a su padre, un aficionado a las plantas. Una labor solitaria que terminó atrayendo a Rudy —como lo llamaba su madre— justamente por eso, porque le posibilitaba estar a solas consigo mismo, concentrándose en su mundo interior, y permitiendo que sus ideas fluyan y formen teorías y proyectos que a veces quedaban solo como un ejercicio mental.

El jardín era vida pura. Un mundo completo que estaba totalmente a su disposición. Había vida vegetal bajo su total dominio, lo que lo hacía sentir como un dios que podía manipular todo a su antojo. Podía hacer con las criaturas, bichos y plantas lo que quisiera. Sin embargo, su carácter sereno, responsable y maduro le impedía reaccionar como un omnipotente emperador desquiciado. Era un observador de la naturaleza y de la vida. Y tenía también a su padre, su enciclopedia personal que absolvía todas sus consultas.

—Papá, ¿para qué sirve el tallo de las plantas? —fue una de sus tantas dudas.

—¡Ah! Es una de las partes más importantes. Permite trasladar los alimentos extraídos del suelo por las raíces a otras partes como hojas, flores, frutos, ramas y así puedan estas cumplir cada una con su función.

—¿Y ese alimento es diferente para cada planta? ¿Por eso las plantas son diferentes?

—No. Esencialmente el alimento es el mismo, pero las plantas son diferentes por razones de evolución natural y adaptación al medioambiente.

—¿Entonces el alimento de una planta podría servir para otra?

—Sí. De hecho, por este motivo, se pueden hacer injertos de plantas; es decir, sacas la rama de una planta y la colocas en otra. En caso lo hayas hecho bien, tendrás una planta con dos tipos de hojas y flores.

Para Rudy saber esto fue maravilloso. Era el comienzo de la manipulación de seres vivos, del dominio de la creación. Sin embargo, él lo veía como una posibilidad científica y no con soberbia delirante.

Le pidió a su padre que le enseñara como se hacía. Él, un poco dudoso de cómo se desarrollaba la técnica, pues pocas veces la había practicado, le pidió que le diera unos días para investigar algo más sobre el asunto.

Pero un tuvo que pasar tanto tiempo, al día siguiente ya le estaba mostrando lo que tenía que hacer. El padre había leído sobre injertos en rosales, que eran sus plantas favoritas. Con la ayuda de su hijo, seleccionaron un rosal de flores blancas. Luego de seguir todos los procedimientos y el protocolo, le injertaron unos tallos de rosas rojas y amarillas. Los siguientes días y semanas, siempre siguiendo el procedimiento, pusieron en práctica todos los cuidados y las acciones necesarias para lograr el éxito. Finalmente, los injertos se consolidaron y en los meses posteriores tuvieron un rosal con tres tipos de rosas. El final de esta aventura significó para Rudy la certeza de lo que quería hacer el resto de su vida. Si bien es cierto que no había llegado al nivel genético, sí había alcanzado a cambiar una forma de vida, a modificarla, lo que representaba la etapa germinal de la manipulación biológica. Eso para él era inspirador, desafiante, motivador.

Con esta experiencia, aun cuando todavía estaba en el colegio, se inició para Rudy toda una etapa de experimentación botánica en su jardín. Hacía todo tipo de injertos: una gardenia en un rosal, espatifilo en chiflera, galán de noche en ficus. Claro que gran parte de sus iniciativas no tenían éxito, pero cada vez que lo hacía y lograba que el implante diera señales de mantenerse con vida, renacía la esperanza de profundizar en la investigación. La práctica y el estudio de diversas publicaciones sobre jardinería le ayudaron a tener mayor efectividad y mayores probabilidades de éxito. Había mejorado mucho el número de injertos que prendían y lograban sobrevivir por largo tiempo. Según sus apuntes, había pasado de tener menos de un uno por ciento de logros favorables a un dieciocho por ciento. Este era un porcentaje importante que le daba ánimos para seguir.

Su mente no solo caminaba en este extraño campo, sino que volaba en otras direcciones, lo que le permitía percibir que había muchas otras cosas por hacer y descubrir. Esta vez se trataba de organismos del reino animal. Decidió que en paralelo a sus trabajos con vegetales y plantas, también lo haría en el otro campo. Lo primero que hizo fue trabajar con unas lombrices de tierra. Por investigación bibliográfica y por información obtenida de su padre, sabía que estos sorprendentes animales podían ser cortados en dos y que cada parte sobrevivía y se desarrollaba independientemente. Escarbando la tierra capturó dos lombrices. A una la cortó por la mitad; a la otra, le hizo una incisión en forma de media luna. Siguiendo las técnicas de los injertos con los vegetales, y con la ayuda de unas cintas quirúrgicas que había conseguido, le implantó una de las mitades de la primera lombriz. Luego de unas semanas, el resultado fue una lombriz de tres cabezas. Su primer monstruo.

Había sido un éxito más y lo más importante, al primer intento. Algo que en cierta forma fue perjudicial, porque eso condicionó a que su mente esta vez alucinara cosas más complejas. Cosas que si uno se pone a pensar, desde el punto de vista de nuestra ética y moral, se deberían calificar como terroríficas, abominables. Venía algo nuevo, una experiencia interregni.

Había observado la cantidad de caracoles que se reproducían en el jardín, que se desplazaban muy lentamente dentro de su caparazón, y que dentro de éste había un considerable grado de humedad que podría ser perfecto para el hábitat de un ente vegetal. Luego de estudiar algunos gráficos del caracol, procedió a tomar uno y a hacerle una perforación en la zona adecuada del caparazón; después inyectó unas gotas de agua, introdujo un brote de alpiste perfectamente lavado, y lo selló con cera. Mantuvo al animalito confinado en un lugar del jardín para su observación. Al día siguiente, el gasterópodo vivía con la planta a cuestas. Sin embargo, esta se fue marchitando. A la semana ambos ya estaban muertos.

Este tipo de espeluznante experimentación continuó en los siguientes años de su etapa escolar. En algunos casos con relativo éxito; en otros, con resultados necrológicos. Lo que sí quedó claro en él fue a qué se dedicaría de ahí en adelante: manipularía la vida.

Cuando terminó el colegio, ingresó a una prestigiosa universidad a estudiar Biología. Siempre aislado, siempre solitario. Era un tipo que causaba cierto temor entre sus compañeros por su comportamiento casi autista: su mirada fría y su permanente estado de introspección. Los profesores no estaban ajenos a esta situación, pero era respetado por su rendimiento académico. Los cursos que llevaba solo le servían para completar el currículo académico, pues él siempre estaba adelantado. Sin embargo, disfrutaba mucho de los laboratorios prácticos, donde podía comprobar lo que figuraba en los libros, presenciar directamente los distintos tipos de tejidos vegetales, animales y humanos; para ello, se ayudaba de microscopios electrónicos de altísima resolución, bisturíes, escalpelos, pinzas, hornos, incubadoras y ambientes esterilizados para aislar organismos.

En los últimos ciclos de estudio, y fiel a su espíritu de investigación, quiso hacer su propio experimento utilizando las instalaciones del laboratorio. Entonces, se basó en la abominación que realizó el médico ruso Vladimir Demijoj: trasplantar la cabeza de un perro cachorro a uno adulto. Para eso, ingresó al laboratorio el fin de semana con una jaula de ratas. Cuando al mediodía del sábado los empleados tenían que irse y dejar todo cerrado, dudaron en si deberían pedirle que se retire o dar aviso al área administrativa para que tome las acciones convenientes. Una vez que se acercaron, y al observar su diestro proceder con los animales, se atemorizaron y fingieron no haber visto nada.

—¡Pobre loco!

—No le digas nada, parece ser peligroso. No vaya a ser que se ponga violento. Hay que avisar al rector.

—Yo no he visto nada y tú tampoco. Dejemos las cosas así.

Tres horas después, cuando el jefe del programa llegó al laboratorio, el trabajo ya había sido terminado. Una rata de dos cabezas estaba despertando de la anestesia. Empezó a moverse ante la mirada horrorizada del recién ingresado, mientras el practicante observaba absorto con aires de triunfo.

El consejo de la universidad debió haberlo expulsado por esta acción, pero no era posible. El alumno era tan brillante que sería contraproducente hacerlo. Esa medida atentaría contra el prestigio de la institución, pues ya había recomendado al alumno a varias universidades de Europa, las cuales se estaban disputando tenerlo en sus aulas para el estudio de su postgrado con beca integral, enseñanza del idioma, un puesto en la cátedra que quisiera y otros incentivos. Como tenían que deshacerse de él, hicieron una rápida selección del lugar a donde lo enviarían.

La balanza se inclinó por Francia, cuya universidad en París tenía antecedentes brillantes en estudios de Medicina, Biología y experimentación. Rudy pensó que era lo que necesitaba. Además, sabía que en ese país la experimentación con animales no presentaba tantos obstáculos ni era considerado como en contra de la moral de la comunidad. En realidad, la sociedad era tan liberal que ya estaba acostumbrada a lo que hicieron sus genios científicos desde épocas muy antiguas o, simplemente, estaban tan ocupados en otras cosas que no les interesaba lo que pasara con los especímenes vivos.

Terminó el postgrado y el doctorado de manera brillante. Para esa época ya había logrado prodigios biológicos. Por ejemplo, había logrado extraerle la pata a un perro que había sido atropellado y reemplazarla por la de un cachorro muerto; al cabo de seis meses, el injerto había crecido a su tamaño normal. O como cuando recordando sus tiempos juveniles, y solo por diversión, le injertó la cabeza de una paloma a un hámster. El monstruo, afortunadamente, vivió solamente cuatro días.

Rudy también injertó tejidos animales en arbustos para lograr su crecimiento; una vez que lo logró, el tejido ya desarrollado podía ser retirado nuevamente y colocado en un animal. Luego de varios intentos consiguió que no se produjera rechazo. Esta iniciativa representaría la solución para la gente que perdía piel a causa de quemaduras de tercer grado. En varias oportunidades pudo experimentar esta nueva técnica con humanos, haciendo crecer extractos de su propia piel que, luego de una cirugía plástica perfecta, servía para reconstruir rostros y cualquier otra parte del cuerpo.

Trabajar con órganos internos también fue sencillo para él. Había desarrollado una «granja» para órganos humanos destinados al trasplante por razones médicas. Se trataba de un cuarto totalmente aséptico, donde había cuerpos de monos, osos, cerdos. Estos animales habían sido sumidos en un coma profundo, cuidadosamente descerebrados y eran mantenidos con vida mediante sondas; los cerebros eran mantenidos en lugares separados y para que sus funciones pudieran ser utilizadas cuando se requiriera. Además, los cuerpos tenían varias incisiones, de las que nacían terminales nerviosos, a los que se podía conectar el órgano humano que se quería mantener vivo. El procedimiento era horrible pero espectacular. El órgano humano era insertado en el cuerpo del animal elegido para que conviviera simultáneamente; de este modo, se podía cortar las partes enfermas y regenerarlo en un órgano totalmente sano que sería oportunamente reimplantado en el humano. Todo, por supuesto, a nivel de experimentación. Aunque ya había logrado salvar varias vidas, no todas las intervenciones fueron exitosas. Se habían producido rechazos de los órganos dentro del cuerpo del animal receptor, lo que había determinado regresar las vísceras enfermas a los pacientes. También hubo desenlaces trágicos que se mantuvieron en el más estricto secreto. Sin embargo, como los deudos habían recurrido a él como una posible y desesperada oportunidad de vida, comprendían el riesgo que estaban afrontando y mantenían en reserva el infausto suceso.

Si alguien entraba en el laboratorio podría apreciar el espeluznante espectáculo que comprendía órganos como corazones sumergidos en un líquido amarillento, los que estaban conectados a un animal a fin de que sean alimentados con sangre y, a su vez, reciban las órdenes cerebrales para seguir latiendo; riñones cumpliendo la función de limpieza de la sangre, pero con un circuito redundante en el cuerpo huésped; también había hígados, bazos, intestinos, ojos y hasta un cerebro. En algún momento había pensado trasplantarle algún órgano humano a un animal pera ver cómo reaccionaba el injerto, pero todavía tenía ciertos escrúpulos cuando se trataba de su propia especie. En realidad, sería cuestión de tiempo. La experiencia enseña que un científico supera sus sentimientos éticos y morales cuando se trata de lograr un fin superior.

También había injertado brazos, manos, piernas, dedos y orejas que se mantenían frescas y lozanas mediante técnicas especiales, las que había ido desarrollado para evitar que los antígenos del cuerpo receptor los rechazara al momento del implante.

Esta escena, que para el común de la gente sería de horror, para él estaba totalmente justificada por el fin altruista que se buscaba y por el beneficio que tendría para la humanidad. Ese era el objetivo que finalmente impulsaba sus acciones: el avance científico en el campo biomédico. Un avance sin precedentes en la historia de la investigación que serviría como punto de partida para nuevos y mejores desarrollos, algo que en ese momento ni él mismo imaginaba.

El paso siguiente a los injertos era la microbiología. Se trataba del manejo de células animales y vegetales a nivel de ADN y cromosomas. Esto permitiría, por un lado, obtener células distintas que incorporaran las características más importantes de los aportantes; por el otro, reforzaba alguna función que se deseaba potenciar. En este campo también había desarrollado, en base a la experimentación, un conocimiento superior, ya que lo complementaba con teorías que venían de trabajos anteriores o de fracasos que solo habían conseguido que la humanidad se olvide tanto de estos como de sus autores; sin embargo, representaban avances para aquellos que, como Rudy, tomaban la posta del conocimiento.

Había diseñado células manipuladas genéticamente con las que desarrollaba diversos tipos de tejidos; por ejemplo, tenía algunos de estos sumergidos en envases, llenos de una especie de suero anaranjado y ventilación forzada, que producían sangre humana con el factor RH o con el tipo que se requiriera; también existía otro que producía insulina, el cual ya había sido probado en seres humanos con resultados favorables. Sin embargo, no podía difundir su uso por razones económicas y éticas.

Desde hacía un tiempo, a raíz del fallecimiento de un artista del espectáculo, se interesó en desarrollar la cura para el cáncer. Esta enfermedad se debía a la generación descontrolada de células que no siguen el patrón que les dicta el ADN y que, en determinado momento, pueden infectar, por decirlo de un modo simple, otras células. El tratamiento con cobalto radioactivo o la quimioterapia tiene por finalidad destruir estas células, pero el inconveniente al ser introducido en el cuerpo es que ataca también células sanas y provoca el debilitamiento de la persona.

La solución que se planteó Rudy fue la de diseñar un ser vivo que se introdujera en el cuerpo y que, selectivamente, se comiera cuanta célula cancerígena encontrara. Ese fue la idea general que debía desarrollar. Se imaginó una lombriz pequeña, la cual pudiera penetrar en el cuerpo humano; luego de cumplir su misión, pues tendría un lapso de vida corto, sería ingerida y digerida por el propio organismo.

Después de buscar quién podría desempeñar esta misión, encontró que el parásito obligado del GBG, Cochliomyia hominivorax, ese gusano barrenador que se caracteriza porque las larvas se alimentan en fondo de las heridas abiertas de cualquier huésped de sangre caliente, era el que necesitaba. Ya tenía al vector. Dentro de los supuestos con los que trabajaba estaba que al introducir el bicho en el cuerpo se iba a producir el ataque a las células infectadas del órgano, lo cual inevitablemente causaría sufrimiento y trauma al receptor. La solución era dotarlo de una nueva característica, que le permitiera anestesiar selectivamente la zona que iba devorando; para ello, aplicando sus conocimientos y su sesgo de manipulación interregni, se decidió por la *Acmella oleracea*, conocida como spillantes, que generaba un anestésico y analgésico muy efectivo, además del llantén para que la zona en tratamiento cicatrice automáticamente.

Así comenzó la manipulación a nivel celular de las larvas de CBG combinándolas con las citadas plantas, lo que permitiría modificar su ADN e incorporar la capacidad de generar una secreción anestésica y cicatrizante. El desarrollo fue por prueba y error, corrección y nueva prueba.

Reunió un equipo de trabajo, conformado por jóvenes estudiantes y colaboradores, para obtener las larvas y las plantas. Después empezaron los trabajos para aislar los ADN. Posteriormente, se desarrolló el trabajo más fino; es decir, el de identificar genes. Luego vino la manipulación de genes del spillantes para incluirle uno que determine la segregación de anestésico y cicatrizante. Desafortunadamente, las larvas mutaban y morían, pero como tenía miles de ellas, podía seguir experimentando de forma incesante. Luego de tres meses, encontró un prototipo que había sido modificado para que solo se alimentara de células cancerígenas hepáticas.

Entonces pasaron a la práctica: introducir al mutante en el cuerpo de un ratón, un mono y un gato, animales a los que se les había inducido la generación de cáncer al hígado. El experimento iba bastante bien, pero lo que no se había medido fue la voracidad y la velocidad de reproducción del nuevo spillantes. Aun cuando los receptores no habían sido anestesiados, no sentían dolor por efecto que se le había incorporado al intruso; por eso, no dieron mayor señal de sufrimiento cuando, por la velocidad a la que eran devorados internamente, se fueron encogiendo, arrugando y desapareciendo al poco tiempo.

¿Qué había pasado? Si bien inicialmente el alimento era exclusivamente el tejido hepático, no se había contado con el instinto de supervivencia del spillantes, que rápidamente modificó su dieta hacia células normales. Eso propició la rápida reproducción y el colapso de los mamíferos.

Luego del ataque del parásito, solo quedaba una bola de pelos y miles de larvas saliendo por todos lados. Eso sí, no había ni una gota de sangre, no habían desperdiciado absolutamente nada que pudiera ser alimenticio. El lado positivo fue que, por un lado, se comprobó que los animales nunca sufrieron dolor, lo que significaba que el anestésico biológico funcionaba a la perfección. Asimismo, la ausencia de sangre líquida, que seguramente se la habían comido, también indicaba que había sido coagulada de manera rápida por las secreciones del bicho.

Se tenía que reiniciar la manipulación a partir de esas larvas mejoradas y hacer los cambios que se necesitaban. La observación de los resultados hizo llegar también a una conclusión: se necesitarían varios tamaños de larvas para utilizar las más grandes en el trabajo de fagocitación inicial; las más pequeñas, para el trabajo «fino».

Se reinició el proceso genético para hacer cambios tanto en el tamaño de los parásitos, como en imposibilitarlos a que pudieran cambiar el tipo de alimento para el que estaban siendo diseñados. Además, se tenía que reducir su tiempo de vida de modo que, luego de realizado el trabajo de limpieza celular, murieran y dejaran de ser una amenaza. También se tenía que trabajar en que su reproducción sea controlada para que solamente alcancen el número suficiente para realizar la labor para el que habían sido diseñados, y luego desaparecieran.

Estos cambios, hasta hallar los genes del crecimiento, la tolerancia a determinada alimentación, la reproducción controlada y la vida promedio, iba a tomar un tiempo bastante prolongado. Fue así que Rudy, vehemente en obtener resultados, impulsaba a sus colaboradores a mantenerse diez, doce, veinte horas diarias tratando de llegar al objetivo. Solo les permitía salir del laboratorio para alimentarse, hacer sus necesidades biológicas y dormir un poco. Él mismo no salía por ningún motivo, le traían sus alimentos a laboratorio, los que ingería en medio de tubos de ensayo, matraces, tejidos sangrantes, animales en coma y todas sus criaturas.

Una noche se quedó dormido. Nadie se atrevió a tocarlo por temor a despertarlo. Sabían que si esto ocurría, nuevamente tendrían que ponerse a trabajar, y era lo que menos deseaban. Salieron sigilosamente y se fueron a sus casas para descansar como se debía. Nunca pensaron abandonar a Rudy en el proyecto, pero tenían que reponerse de las largas jornadas de investigación.

Por el apuro cometieron un descuido fatal: dejaron mal sellado el depósito de las voraces larvas. Y si bien estas tenían alimento, la velocidad con la que se reproducían hacía que este desapareciera a las pocas horas. Por la sensibilidad especial que tenían estas criaturas, detectaron que existía otra fuente de alimento que evitaría su extinción: Rudy.

Las larvas fueros saliendo de su depósito lentamente, pero con dirección definida. Parecía que había una comunicación telepática propia de este tipo seres, porque actuaban en conjunto en forma muy coordinada. Rudy empezó a despertarse y vio que se dirigían hacia él. Lamentablemente, estas ya habían soltado su perfume anestésico que lo fue adormeciendo. Quiso correr, pero solo alcanzó a dar unos pasos y cayó. No había nadie para auxiliarlo. Entre nubes vio que la primera larva le subía por la mano en dirección a su rostro; luego, otra, otra y otra. Todo un ejército.

Lo fueron penetrando por diversas partes del cuerpo, pero no había dolor ni brotaba sangre. Serían las dos de la mañana, así que nadie vendría hasta dentro de unas cuatro o cinco horas. Había tiempo suficiente para su total destrucción. Las larvas, inconscientes e insensibles de que estaban devorando a su creador, continuaron con su devastación.

Al día siguiente, cuando regresaron sus primeros colaboradores y entraron al laboratorio, encontraron que este estaba infestado de larvas. Devoraban todos los animales de experimentación, los descerebrados, los tejidos, y sintieron el olor anestésico. Incluso, uno de los científicos casi cae adormilado, pero fue retirado a tiempo. Cuando regresaron con máscaras antigases y equipos para destruir a los bichos, vieron en el piso una bata y un esqueleto. Eran huesos absolutamente limpios.

Afortunadamente, las que le tocaron a Rudy no estaban preparadas para comer huesos, por lo que pudo ser identificado por un odontograma y por el nombre bordado en el mandil.

Venganza ciudadana

El cafetín estaba abierto desde las cinco de la mañana, esperando que lleguen los madrugadores para tomar desayuno barato. Para jalar gente, el dueño del local tenía siempre prendido el televisor en el canal de noticias: a esta hora las personas prefieren aprovechar el tiempo para ir actualizándose en los quehaceres nacionales e internacionales mientras se preparan para su jornada laboral con algo de alimento en el estómago para tener la energía suficiente para empezar con fuerza.

Como era de esperarse, por la televisión se veía un tipo de noticia recurrente, una más de las que indefectiblemente muestras los noticieros: otra vez en crimen brutal. El reportero describía la escena del cuerpo de una niña de trece años encontrado en una acequia envuelto en una frazada y con signos de haber sido golpeada, ultrajada y estrangulada. El público, a pesar de que estaba acostumbrado a este tipo de informaciones que muchos informativos no solo matutinos, sino vespertinos o nocturnos se preocupaban por mostrar con los mínimos detalles, no podía dejar de expresar su turbación y enojo:

¡Malditos asesinos! ¡Cómo no los chapan para que les hagan lo mismo!
¡Cómo puede haber tanta crueldad! ¡El país está enfermo!
¡Dónde está la policía! Y sus padres, ¡cómo la dejan sola!

El ambiente se puso tenso, y una especie de sombra densa parecía ocupar el ambiente, como si un sector de la habitación hubiera dejado de estar iluminada.

En las calles del distrito considerado el centro financiero de la ciudad, aparecía, como todos los días, esa gente pujante y autogestionaria que ha hecho de las veredas del parque principal, su centro laboral. Basados en su trabajo honesto, se han ganado la confianza de muchas personas que acuden a ellos para realizar el cambio de dinero de moneda nacional a dólares o euros, o viceversa, a también a otras monedas menos frecuentes pero que también tienen su mercado. Estas personas viven arriesgando a diario y a cada minuto su integridad personal, porque siempre llevan consigo atractivas cantidades de dinero en los "canguros" de tela, que constituyen parte de su equipo de trabajo. Solo se tienen unos a otros para protegerse, pero a veces, esto no es suficiente. Y no es que sea un riesgo cuya probabilidad de ocurrencia sea remota, puesto que de vez en cuando, digamos una vez al mes o cada dos meses ocurría un robo. Es decir, hay una frecuencia bastante considerable que hacen de este oficio uno realmente riesgoso.

Los cambistas se habían organizado para defenderse, creando procedimientos para darse seguridad mutua y lanzar alertas tempranas cuando veían que algo anormal estaba ocurriendo, pero cuanto más trataban de protegerse de los asaltantes, estos desarrollaban su nefasta labor en forma más violenta para conseguir quebrar la resistencia de la autodefensa.

Mientras desarrollaba su labor de cambista, corriendo de un lado a otro para captar nuevos clientes, o acercándose a los ya antiguos que eran sus "caseritos" habituales, uno de los más antiguos de la cuadra, un hombre joven de unos 48 años, padre de tres hijos, trabajador hasta decir basta, honrado a toda prueba, que se había ganado la confianza de sus clientes día a día, hora a hora, operación a operación, observó que dos personas habían estado en la vereda del frente sin hacer absolutamente nada sino observándolo, y eso hizo que sospechara de ellos. Trató de dar la alerta, pero era demasiado tarde.

Por detrás de él apareció de la nada un delincuente armado, mientras los dos tipos del frente emprendieron la carrera para interceptarlo. Simultáneamente, por la calle se acercaban tres motos lineales con personas cuyo rostro estaba convenientemente tapado por los visores oscuros de los cascos de reglamento. ¡Era un asalto! Y de acuerdo a la progresión ascendente de violencia que se observaba en las ocurrencias de este tipo en la zona, lo más probable es que fuera un operativo sangriento.

El cambista, al ver a los dos asaltantes que lo encimaban, trató de retroceder, pero el delincuente que estaba a sus espaldas, simplemente aprovechó el instante para dispararle tres balazos mortales por la espalda, y mientras caía y durante la confusión que se creó entre la gente que circundaba el sitio, los otros dos le arrancharon el "canguro" con el dinero, le sacaron lo que tenía en los bolsillos, y se subieron a las motos que con escalofriante precisión ya se encontraban justo delante de ellos. Escaparon sin mayor problema dejando al cambista moribundo y sin posibilidad de recuperarse.

La gente alrededor observaba desconcertada al comienzo, y luego con una mezcla de angustia, desesperación, ira e impotencia. La rapidez con la que actuaron los maleantes había dejado sin capacidad de respuesta a sus compañeros, que en otras ocasiones había logrado librar a algún otro colega del robo de su dinero. Esta vez no fue así, y lo único que pudieron hacer fue llamar a la policía, a la ambulancia, mientras veían como se extinguía la vida de su compañero.

El ambiente se oscureció como tapado por un manto negro, como si una neblina hubiera ocupado el lugar en ese instante.

En la barriada fuera de la ciudad, la gente trabajaba todos los días para sobrevivir. No había agua potable ni desagüe, así que era normal ver que de una pareja de esposos con familia, el que había conseguido algún trabajo temporal salía temprano para desempeñar su labor, mientras que el otro se quedaba en casa para conseguir agua, alimentos, limpiar la suciedad y cuidar a sus críos. Aun cuando había solidaridad entre los habitantes de la cuadra, no era extraño y por el contrario, era los más natural que cada unidad familiar viera principalmente por su propia subsistencia y la de los suyos, porque la vida era tan dura y complicada que antes de ayudar a otro, había que ayudarse a sí mismo.

El ex marido de la mujer que se había quedado en su casa, apareció luego de varios meses de haber desaparecido y abandonado el hogar y a sus hijos. No le había importado que ella le exigiera que no dejara en el desamparo a su propia sangre. Él había desaparecido incluso llevándose el dinero del ahorro, y algunos artefactos para venderlos. Tipos como este existen, aunque afortunadamente no son la mayoría.

Al poco tiempo, y con la practicidad que debe aplicarse en estos casos en que la prioridad es garantizar la supervivencia, ella se consiguió una nueva pareja no tanto por amor sino por una especie de simbiosis en la que cada uno aportaba algo a la nueva sociedad. Él proporcionaba una parte del dinero que obtenía en sus trabajos eventuales, y ella la vivienda y la administración del dinero y del hogar, además de la actividad sexual necesaria para mantener el equilibrio emocional sobre todo para el varón. Pero en ese momento el hombre no estaba en su casa y no era probable que regresara en las siguientes horas porque se estaba ganando la vida honradamente.

El ex marido era uno de esos vividores sin carácter, un mezcla de deportista y matoncito que en su momento impresionó a la mujer, dándole la sensación de seguridad y protección, pero que con el paso del tiempo, el crecimiento de la familia, y las responsabilidades que iban en aumento, sólo atinó a refugiarse en la depresión y las drogas, y en lugar de aportar a la sociedad conyugal, más bien exigía dinero para su vicio, dinero que era conseguido por la mujer desarrollando diversas labores como lavado de ropa, preparación de menús y hasta prestar servicio doméstico en casas en otros distritos. Y cuando las obligaciones en el hogar le ocupaban tanto tiempo que hizo que la mujer no pudiera conseguir ingresos suficientes para mantener a los suyos y al zángano vicioso, éste simplemente se largó.

Pero había regresado más desencajado y flaco que nunca, y lo primero que hizo el ex marido fue meterse a la fuerza a su ex casa, lo cual no le fue dificultoso porque la puerta de triplay no tenía mucha seguridad aparte de un minúsculo cerrojo que cedió inmediatamente ante los endebles empujones del energúmeno. Estaba enloquecido, con los ojos desorbitados, desesperado, ansioso, y todo esto seguramente como efecto de alguna sustancia que había ingerido y había bloqueado su razonamiento, o más precisamente lo poco que le quedaba de él.

Con gritos enfermizos exigía a la mujer que le de dinero, pero por supuesto no dijo que era para su vicio sino para hacer unos negocios que le retornarían grandes réditos. Pero reaccionando a la natural negativa que recibió, fue incrementando su nivel de insania hasta que empezó a golpearla salvajemente. Pero la cosa no quedó allí: los gritos hicieron que los pequeños hijos salieran en defensa de su madre, pero el desalmado vicioso la emprendió a golpes contra ellos. Debido a la violencia, fortuitamente cayo de una repisa una caja con el dinero de los ahorros familiares, así que él, con una sonrisa se abalanzó sobre ella. La mujer, al ver que iba a perder el dinero del sustento familiar, empezó a forcejear con el intruso, al que superaba en fuerza y decisión. Pero el maldito sacó un cuchillo del bolsillo y se lo clavó a la mujer varias veces hasta que esta desfalleció. Tomó el dinero y salió corriendo.

Los ruidos producidos por la pelea, el llanto de los niños y el griterío de los contendientes durante el enfrentamiento, habían atraído a los vecinos, que entraron tardíamente a la casucha, cuando ya todo estaba consumado.

No había ya nada que hacer. Algunos salieron corriendo para detener al homicida, otros se quedaron en la habitación ayudando a los menores y organizándose para ver en que se podía colaborar, pero todos tenían ese sentimiento de ira y frustración, desesperación e impotencia, deseos de venganza, temor de que algo similar les pudiera pasar a ellos mismos, como que ya había ocurrido eventualmente con el resultado de vecinos heridos, niños maltratados y también en alguna ocasión, muertos.

A pesar de que eran las primeras horas de la mañana, todo se oscureció, esta vez era como si hubiera un eclipse total, pero era más,

más oscuro e inesperado que lo ocurrido durante la muerte de Jesús. Era una oscuridad que se podía tocar, que era material, como polvo disperso, como una gelatina que los rodeaba, como un frío plasma que los unía.

$E = Mc^2$

Es la equivalencia entre la masa y la energía dada por la expresión de la Teoría de la Relatividad de Einstein.

También indica la relación cuantitativa entre masa y energía en cualquier proceso en que una se transforma en la otra, como cuando ocurre una explosión nuclear. Entonces, E puede tomarse como la energía liberada cuando una cierta cantidad de masa M es desintegrada, o como la energía que se condensa para crear esa misma cantidad de masa. En ambos casos, la energía (liberada o condensada) es igual a la masa (destruida o creada) multiplicada por el cuadrado de la velocidad de la luz.

¿Aplicable sólo a cuerpos inertes? No, las reacciones químicas y bioquímicas también producen energía, y ¿lo contrario, es decir la acción reversible de energía en masa? Posiblemente también.

Esta vez la oscuridad se podía palpar, se podía sentir como una especie de telaraña que rozaba la piel de los presentes y les causaba escalofríos, y no se diluyó como otras veces, sino que se fue condensando en un bulto, ante los ojos atónitos de los presentes. Era un cuerpo totalmente negro, una bola informe producto de la transformación de los sentimientos liberados por los seres humanos en ese instante, de esa energía que soltaban las personas a la vista de las atrocidades cometidas por el asesino. La energía, según lo previsto por los cálculos científicos, se estaba condensando y materializando. Probablemente no sólo era la energía de las personas que se encontraban ahí en ese momento, sino que por alguna razón se había reunido con otra generada por otras personas que circunstancialmente estaban por la zona y habían juntado la suficiente masa crítica, o en este caso energía crítica para no desvanecerse. Pero también era posible que la energía viniera de otros distritos, provincias, países, que se generó también ante situaciones límite como la que se había vivido en ese instante y que tampoco se había desvanecido totalmente, y que por una razón aleatoria coincidió en el mismo lugar en el mismo instante. Tal vez el clima, la temperatura, los vientos, la presión atmosférica estaban en los valores absolutamente correctos en el lugar indicado. Quién sabe.

El bulto negro se movía como una babosa, como una gelatina. No tenía forma específica porque la cambiaba a cada instante. La gente lo miraba con extrañeza, pero nadie estaba asustado, solo sorprendidos ante esta inesperada aparición pues hasta ese momento no se sabía de qué se trataba pues la oscuridad del ambiente no permitía visión clara. Podría ser un gato o un perro envueltos en una bolsa negra de plástico, así que todos trataban de mirar cuidadosamente para descubrir lo que realmente era. Mientras tanto, el bulto se seguía moviendo e iba tomando una forma alargada, como una lombriz, pero más gruesa. Quizá como un plátano bellaco gigante muy maduro, pero que se retorcía permanentemente.

Con el paso de los minutos, la cosa empezó a tomar una forma más conocida, quizá la esperada si alguien hubiera podido tomar nota que se trataba de energía emitida por personas, es decir, conformado en base a energía emocional humana: le crecieron dos piernas con una musculatura de atleta y pies sin dedos; brazos poderosos, tensos; torso magro cubierto por lo que equivaldría a una piel sin grasa, pero amplias espaldas, ¡y respiraba! Y una cabeza sin orejas, ni pelo, ni boca, pero unos ojos que simplemente eran como un par de foquitos amarillo-rojizos como incrustados en las cuencas oculares. Visto de lejos se podría decir que era una especie de Venon, (si, el villano del Hombre Araña), pero totalmente negro.

Esta visión si causó temor, porque todos o casi todos sabían la maldad de ese antihéroe de los dibujos animados y el parecido les hacía asociarlo con sus acciones violentas. Pero aún más cuando empezó a incorporarse, y a hacer titilar las luces de sus ojos. La multitud empezó a salir de la habitación sin dejar de mirar a la criatura, conteniendo el aliento, observando cómo daba la impresión de estar adaptándose a la vida, reconociendo los alrededores, aparentando estar volviendo rápidamente del estado inconsciente y amnésico, de un estado prolongado de coma. Hasta que por fin se irguió, con su metro ochentaicinco aproximadamente, su cuerpo de atleta olímpico reforzado con sustancias prohibidas, y su mirada robótica.

El ser se quedó observado unos instantes a la gente que lo rodeaba, y luego desapareció. Había sido, después de todo, una génesis que tomó algunos minutos y una permanencia fugaz en la habitación.

Tan rápido ocurrieron estos hechos, que las personas empezaron a dudar de lo que habían visto. Aunque por un lado estaban seguros de que algo había aparecido ante sus ojos, se trataba de una situación tan imposible que por eso mismo, podría tratarse de una ilusión colectiva, pero que les había parecido muy real.

Al día siguiente, algunos habitantes del lugar se trasladaban por uno de los caminos junto a las laderas del cerro que daba acceso a la autopista que los llevaría a la ciudad, a sus centros de labores. De pronto, divisaron una masa rojiza, compuesta por ropa, y algo que parecían, ser…. ¡No!, no parecía, eran restos humanos, una pierna, una mano, ¡la cabeza!, todo había sido arrancado y juntado en una especie de montículo macabro. Dieron aviso a la policía que se constituyó en el lugar tan pronto como le fue posible.

Luego de las investigaciones, el resultado fue que el cadáver era del tipo que había asesinado a su esposa. La autopsia revelaba que los miembros de su cuerpo le habían sido arrancados por una bestia con fuerza descomunal puesto que esa tarea no pudo haber sido realizada por un ser humano. Pero esa bestia no podía existir, no era posible que habitara en este mundo. Todo quedó en el misterio.

Algún diario se aventuró a publicar que se podría tratar de algún ataque alienígena perpetrado por algún ser de tamaño gigantesco, como a veces se presentan en las películas a los extraterrestres. Teorizaba la hipótesis que podría tratarse de una nave que estando en la estratósfera, estaba permanente vigilando las actividades de los humanos, y tratando de enganchar esta teoría con el hecho del asesinato, afirmar que habría tomado la decisión de castigar al asesino. Esta noticia era muy poco creíble, del mismo modo que no tuvo ninguna acogida la suposición que podría tratarse de un oso escapado de algún zoológico, puesto que no había ninguno por los alrededores, y además, el cadáver estaba completo y no había signos que se hubieran comido ni una parte. Tampoco se había encontrado huellas digitales de humanos ni de garras de animales. Finalmente, algunos religiosos recalcitrantes recordaron que en el fin del mundo ocurrirían cosas inexplicables y que los grandes pecadores serían castigados, así que no tenían la menor duda que algún ángel vengador o un demonio había sido comisionado para dar su merecido al delincuente. Pero esto tampoco era muy digerible ni demostrable. Así que finalmente no se pudo establecer ninguna explicación.

En otro lugar de la ciudad, un hombre estaba al acecho de la salida de un colegio primario. No era la primera vez que lo hacía, de modo que su comportamiento era totalmente frio y calculado. Cuando salieron los niños tomó la ubicación que consideró adecuada para esperar a los grupos de infantes que se iban separando conforme se distanciaban de su local de estudio, y cuando estaban alejados aproximadamente a dos cuadras finalmente identificó a su presa: una niñita de seis o siete años, que sus irresponsables padres dejaban que regrese sola a su casa, que si bien no quedaba muy lejos, la exponía a peligros que ya eran por todos conocidos, desde un atropello, pasando por robos, raptos, asesinatos, violaciones, hasta tantas cosas que se nos muestran diariamente en los noticieros y los diarios.

El tipo con mucho aplomo se le acercó, para contarle el cuento que sus padres lo habían enviado para recogerla porque se habían accidentado y estaban en el hospital, y que era muy amigo de su papá y que no tuviera ningún temor. Le sonreía con una falsedad y con una naturalidad de actor de telenovela. Le ofreció unos dulces para calmarla, y le repetía hasta la saciedad que sus padres estaban bien, que el accidente no había sido grave pero que él la llevaría con ellos.

La niña, con esa programación que se les hace desde pequeñitos de que se debe respetar a los mayores, de la obediencia que debe tener a los abuelos, tíos, amigos, maestros sólo por el hecho de ser mayores, dudaba entre salir corriendo, o creerle y aceptar su falsa ayuda. Sin embargo, en ese momento no había nadie a su alrededor que pudiera auxiliarla, y aunque lo hubiera habido, la confusión que se había creado en su mente no le permitían discernir sobre si confiar o no confiar en ese sujeto. Lamentablemente optó por recibir los dulces que le había ofrecido el desalmado, y eso significaba que había perdido la batalla, y la guerra.

El tipo la tomo suavemente de la mano y la condujo hacia la vereda del frente y luego, caminando una cuadra más hacia la avenida donde abordaron un microbús. Mientras tanto, le seguía hablando, calmándola, preguntándole sobre las clases del día, sobre qué había hecho, sobre sus tareas, de modo que no le daba tiempo de pensar, y por otro lado, aparecía ante los otros pasajeros como un padre ejemplar que había venido a recoger a su hija del colegio.

Casi una hora después llegaron al fatídico paradero final y se bajaron. Aún a su corta edad la criatura sospechaba algo y sentía una angustia interna que por momentos le daba ganas de gritar, pero estaba desorientada y no sabía qué hacer. Dos cuadras más allá ingresaron a un callejón sucio y descuidado, como lo estaban todas las casas de esa calle, y por fin a un cuartucho. Todo estaba perdido, si hubo alguna oportunidad de pedir ayuda, ya había desaparecido.

Cuando el tipo cerró la puerta, su rostro cambió, su actitud dejó de ser apacible, ya no era la buena persona que la había interceptado, sino se convirtió en un tipo violento y autoritario. La cogió del brazo y la arrojó con violencia sobre la cama ordenándole a gritos que se quitara la ropa mientras tomaba en su mano una videocámara para filmar el momento. La niña, llorando, no tenía otra opción que obedecer, esta vez por el terror en el que estaba inmersa. El infeliz le iba diciendo que es lo que tenía que hacer, le mostraba fotos con otros niños en posturas inenarrables que ella tenía que imitar mientras seguía con su trabajo de grabación. Colocaba luces y espejos, luego cambiaba el escenario para hacer nuevas tomas.

Finalmente, colocó la cámara en un trípode fijo apuntando hacia la cama.

El pedófilo se fue despojando de la ropa con mucha naturalidad, pero manteniendo el dominio sobre la niña con una fiera mirada. Luego, se fue acercando lentamente, consolándola y diciéndole que esto era lo último que tendría que hacer y que después se iba a ir a su casa. La niña estaba presa de la angustia, pero con una ligera esperanza por la libertad prometida, no tanto por la convicción que esto iba a ocurrir sino más por ese mecanismo de defensa que inconscientemente genera el cerebro en situaciones límites con la finalidad de mitigar el sufrimiento. En su mente generaba la idea que tendría que sufrir el último suplicio y luego se podría ir y eso le daba la calma suficiente para someterse a la vejación que intuía que iba a padecer, aunque de eso ella no entendiera absolutamente nada dada la inocencia de su corta edad.

El monstruo ya estaba encima de la criatura, cuando de pronto, la habitación se oscureció. El ambiente se puso denso, un éter oscuro ocupaba todo el alrededor. El maldito sintió que era asido por el cuello con una fuerza sobrehumana y levantado en vilo. La sombra negra que lo había levantado, lo miró desde lo profundo de sus ojos robóticos amarillentos, y sin soltarlo, con la otra mano le cogió el pene y los testículos y de un solo jalón se los arrancó. El tipo ni siquiera podía gritar porque el ente negro lo tenía asfixiado con la otra mano.

Lo que siguió fue lo que quizá todos pensamos que nos gustaría que hubiera sucedido cuando vemos en las noticias episodios como el del pedófilo y la niña, cuando se encuentran cadáveres de pequeños o pequeñas en las acequias, o enterrados con señales de haber sido torturados y vejados. Lo que nos gustaría que fuera el desenlace y el castigo que sufrieran los depravados por una mano justiciera, y quien sabe, tal vez nos sería grato nosotros mismos participar en este acto de escarmiento.

La sombra, por llamarlo de alguna forma, soltó al tipo para que cayera al suelo y lo agarró de un brazo, para con una violenta flexión doblarle el codo hacia atrás con un sonoro chasquido. Luego siguió el otro brazo. Los gritos erran desgarradores, las súplicas de clemencia y de perdón, ¿conmovedoras? No, el trabajo continuó. Lo tiró al suelo, y le arrancó las orejas, luego le fracturó los tobillos, Por fin le arrancó los brazos, las piernas. De un violento golpe en el bajo vientre, le perforó la piel y le sacó los intestinos. Ya no gritaba. Estaba agonizando, iba a morir, ya no tenía salvación.

La sombra se detuvo, tomó una revista pornográfica, le arrancó los párpados al tipo o a lo que quedaba de él, y le puso la revista para que la mire, por unos minutos, hasta que murió. Luego, la sombra se desvaneció.

Primero los gritos del ajusticiado, y luego el llanto de la niña atrajeron a los vecinos. Uno de ellos rompió la puerta y todos entraron. Llamaron a policía. Una señora tomó a la niña y con su cuerpo le tapó la macabra visión de la escena.

Iba a ser inútil la investigación de la policía, el cuarto no tenía ventanas y solo había un pequeño baño que tampoco tenía conexión a la calle. El Fiscal de Turno había llegado. También periodistas que eran mantenidos a raya para que no invadan el lugar para no contaminar la escena del crimen que entorpeciera las investigaciones. De acuerdo con lo que declaraban todos, la puerta había estado cerrada cuando llegaron, nadie había salido. ¿Quién, entonces, había despedazado al hombre? La niña no, por supuesto.

La fuerza necesaria para destazar en la forma que se veía era imposible que la hubiera realizado un hombre solo. Ni siquiera varios hombres lo hubiera podido hacer actuando conjuntamente. Tendría que haber sido una máquina, pero no había ninguna que hiciera ese tipo de trabajos y no había nada parecido en el cuarto.

Lo cierto es que cuando la noticia fue publicada, lo único a lo que atinaba la gente era a opinar un ¡se lo merecía!, porque no había ni cómo empezar con una hipótesis.

Lo único que podría revelar lo que realmente aconteció era lo que había registrado la cámara. Pero al revisar su contenido se verificó que lo que se había registrado era las maldades del infeliz no solo en esa sino en otras ocasiones, y lo que correspondía a su asesinato solo mostraba sombras oscuras, nada visible. No aportaba nada.

Días después se encontró los cadáveres de dos tipos, también despedazados. Según los testigos, siempre merodeaban por las calles de un parque semi oscuro para asaltar a la gente, siempre drogados para poder cometer maldades sin remordimiento. En esta ocasión, la víctima narró que cuando lo estaban robando, uno de los delincuentes lo amenazó que porque no tenía dinero lo iban a matar. Lo arrastraron a una zona sin iluminación, y justo cuando ya le iban a clavar un cuchillo, ocurrió algo que no podía describir porque mientras escuchaba los gritos desesperados de los malhechores y sus intentos de escapar, sólo veía que volaban partes de sus cuerpos hasta que en un momento dejaron de vociferar. Mayor explicación no podía dar, excepto que una forma negra y casi invisible debido a la oscuridad de la noche, parecía estarse moviendo cerca de donde ocurrieron los hechos.

En los siguientes días, otros sucesos similares ocurrieron en la ciudad.

www.ingramcontent.com/pod-product-compliance
Lightning Source LLC
LaVergne TN
LVHW091551060526
838200LV00036B/784